ジャコブ、ジャコブ

Jacob, Jacob

ヴァレリー・ゼナッティ 著
Valérie Zenatti
長坂道子 訳

新日本出版社

目次

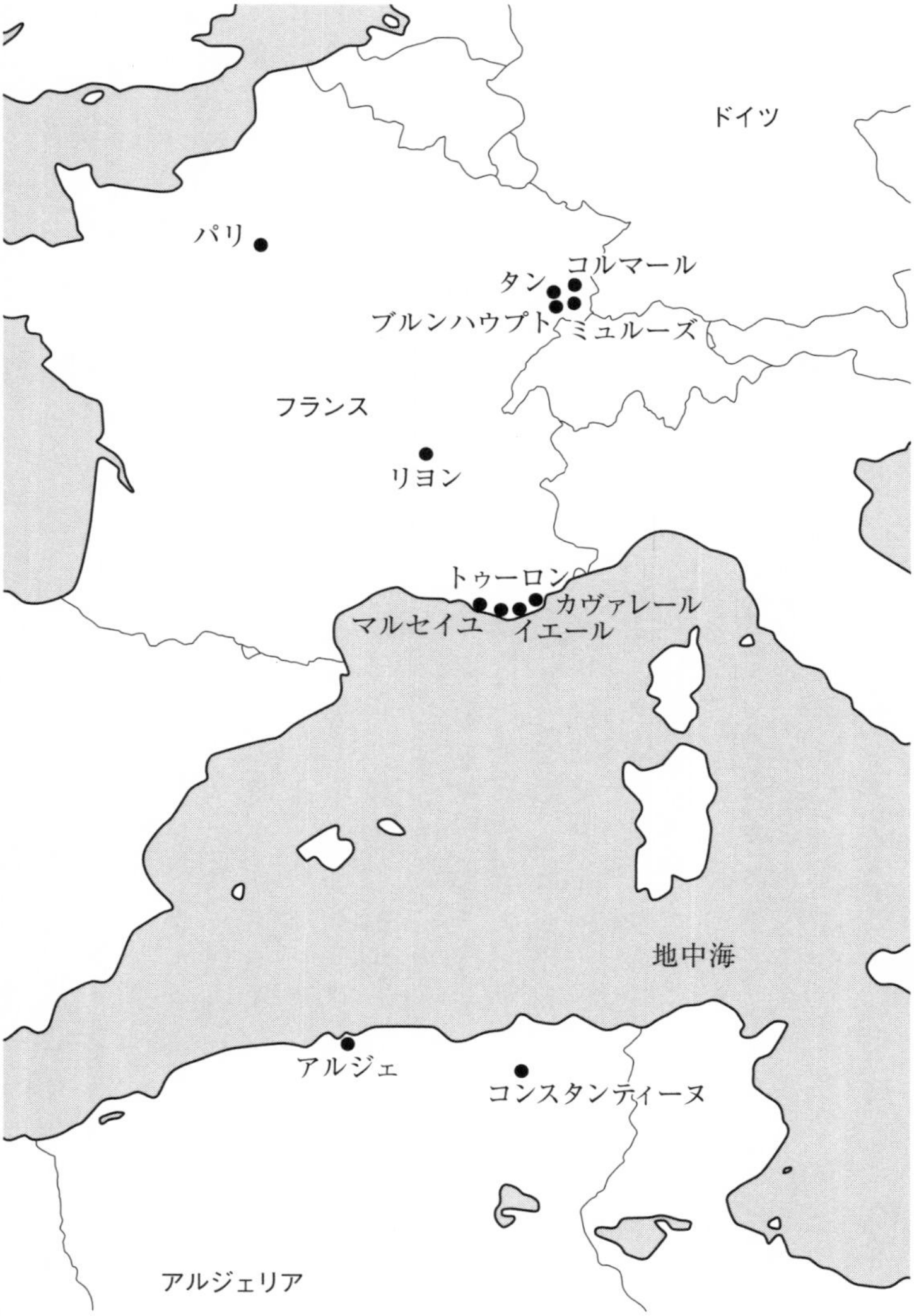
ドイツ
パリ
コルマール
タン
ブルンハウプト
ミュルーズ
フランス
リヨン
トゥーロン
カヴァレール
マルセイユ
イエール
地中海
アルジェ
コンスタンティーヌ
アルジェリア

ああ！　そうだ、それはそのようなものだった。子供の生活というものはそのようなものだった。この界隈《かいわい》の貧困の孤島での生活はそのようなものだった。生活は、最小限度の必要性によって、体が不自由で無知な家族に囲まれながら唸《うな》りを上げる若い血潮、つまり生を貪《むさぼ》り食らう貪欲《どんよく》さと荒々しく貪欲な知性とに結びつけられていた。その生活が続く間、熱狂的な喜びに急激にブレーキがかけられ、その度に未知の世界を押しつけられてきた。

（アルベール・カミュ『最初の人間』大久保敏彦訳、新潮文庫）

一

コンスタンティーヌの街

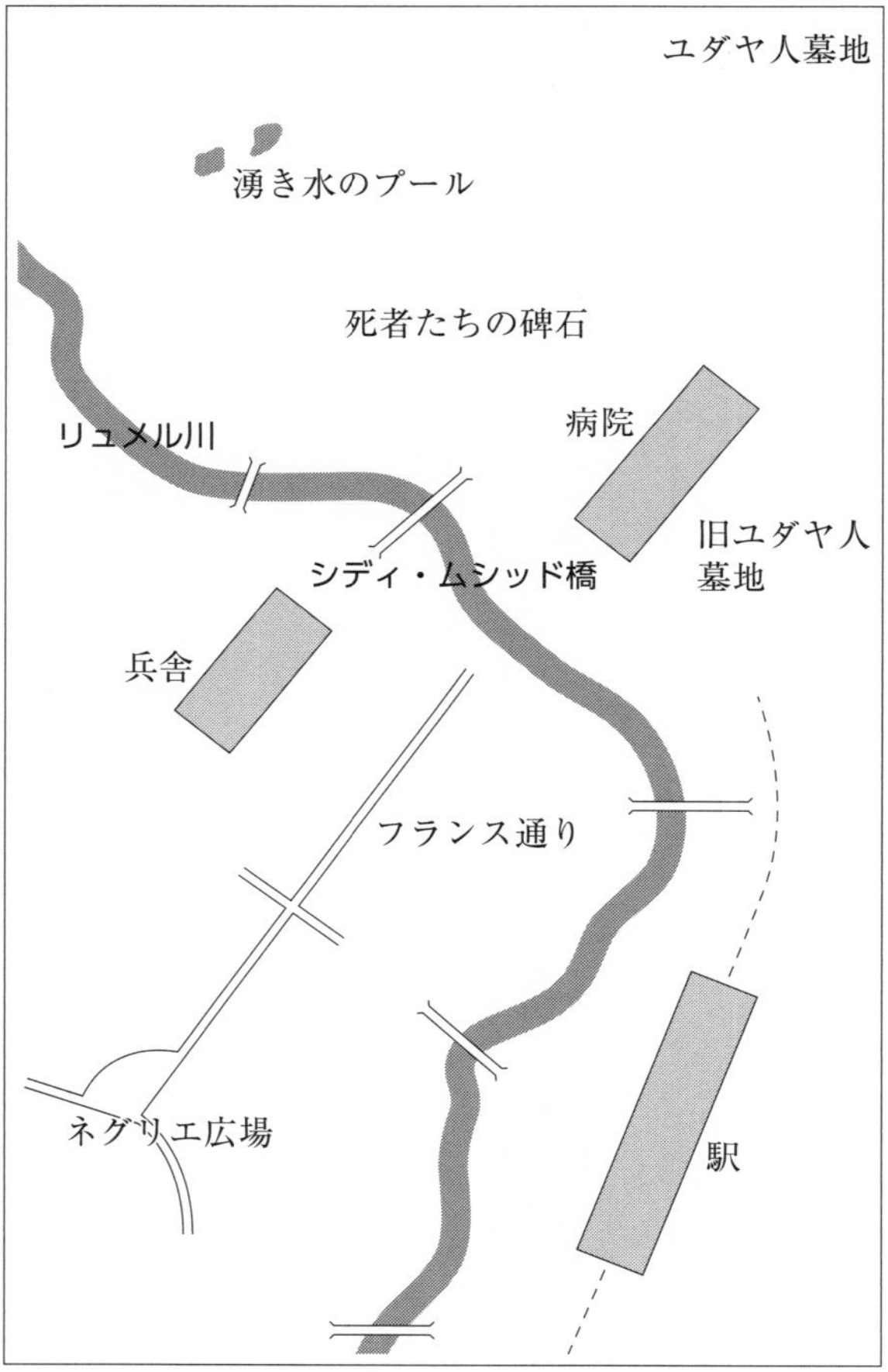

一

捉えどころのない乱暴な欲求に突き動かされてやって来た岩山の頂、鳥の糞まみれの埃《ほこり》の中、周りのヒマラヤスギと黒イトスギに目を奪われる……数秒の間そこに釘付けになっていた視線が、今度は太陽に灼かれた平地の方へと放たれる。この距離からだといくつかある滝は静止して見え、泡の薄衣《うすぎぬ》のようなその滝が引き立て役となって、渓谷に沿って流れる水路が逆にくっきりと浮かび上がって見える。切り立つ断崖の脇腹にはウチワサボテンが群生しているが、上の方は丸裸、神秘の刃でバッサリ切られた断面のように、そこには褐色の地層が積み重なっている。さらに顔の向きを変えると橋が見える。二本の白い石塔に挟まれてぶら下がるその橋は、街に城塞都市の趣をもたらすと共に、街を対岸の病院へ、さらにその向こうの駅へ、死者たちの碑石*や墓地へとつなぐ役割も果たしているのである。

ジャコブは十三歳の誕生祝いにもらった腕時計に目をやる。手首に巻かれたその時計は、兄たちの懐中時計よりずっと軽やかなイメージだ、懐中時計はポケットからおもむろに出してや

*第一次世界大戦に参戦したアルジェリア兵（イスラム教徒、ユダヤ教徒、キリスト教徒）戦没者八百余名の名を刻んだ碑石。

らないといけないところがなんだか重々しいが、この時計ならさっと目をやるだけで十分。長短の針が時を知らせ続けること六年、秒針は小うるさいけれどなかなか魅力的でもあり、それはいつも急ぎ足で、ジャコブが時間を止めたいようなときに限ってさらに前のめりになる。ジャコブはよくぼんやり夢想するが、今、思い出しているのは兄のアブラハムと一緒に初めて橋を渡った時のこと、いや、あれはそもそも初めての時ではなかったのかもしれないが、いずれにせよ、それが橋にまつわるジャコブの最初の記憶なのだ……あの日、下を見ようとして途中で立ち止まったら、兄に袖を引っ張られたのだった、おい、こっち来い、危ないだろ、乗り出しちゃダメだ……だがその時、ジャコブは、眼下に開ける空間に心を奪われていた、街と渓谷の上に小さな自分が君臨していた……何もかもが自分の下にあるというのはなんとうっとりすることだっただろう、何しろ当時のジャコブといえば、大人の膝やテーブルの脚、通りをはさむ壁についた泥はね以外のものを見たければ、いつだって頭を持ち上げなければならなかったのだから……小さなジャコブは空に触ってみようと手を高く伸ばし、この橋を渡る者をとらえずにおかない甘美な恐怖を初めて味わったのだった、とにかくすごい橋なのだ、すごすぎて、名前が四つもついているほどなのだ。

吊り橋。シディ・ムシッド橋。リュメル橋。目眩《めまい》の歩道橋。

ジャコブは身震いする、目をやるだけでそこに立っている気持ちになれた平地に背を向け、

一

さて、と迷う、坂道をさっさと下っていくか、病院に沿ってゆっくり歩いていくか、橋は急ぎ足で渡ろうか、それともそこで少し立ち止まって時間を引き延ばし、どのみち全体像など摑《つか》みようはないとわかってはいても景色の断片の一つ一つを自分の中に刻み込んでみようか。その試みに挑んだことは前にもあった……じっと見つめ、目をつむり、記憶したものを思い出そうとしても、どこかの細部がきっと抜け落ちているものだし、そもそも景色自体、二度と同じということなどないのだ、人がなんと言おうが、光は石を銀色から黒までのあらゆるニュアンスに塗り替えてみせるし、水浸しになった空がやっと雷から息を吹き返す頃合いに黄金色の光が岩肌に降り注ぐさまといったら。

そうしたイメージが心中であれこれぶつかり合い、ほとんど耐えがたい興奮でジャコブを満たす……厳粛な場の美しさで胸がいっぱいになり、金属の架け橋を西の柱に向かって走り出すと、トラックが車輪の下の鉄板をガタガタと大騒ぎさせて通り過ぎて行き、つられてジャコブは二度目の身震いをする、呼吸に合わせた歩調で街の方角へと歩くジャコブのこめかみにドクンドクンと単語が去来する……バカロレア*の、結果が、来る、頃、その頃、僕は、もう、いない、訓練、クラス、そう、入隊のことをそんなふうに言うんだ、学校のクラスから、軍の

*フランスの高等学校教育の修了を認証する国家試験。

クラス（同期）へ、十八歳で、一つのクラスからもう一つのクラスへ、進級、でも全然違うところ、もう二度と、あそこに座って、ムッシュ・ボーメール先生が、読んでくれる、ユーゴーや、バルザックや、フロベールに、耳を傾ける、なんてことも、もう二度とない、ラテン語も、もう終わり、ドミヌス、ドミネ、ドミヌム、ドミニ、ドミノ、ドミノ、ラテン語ってのはゲームみたいな、おどけてるみたいな言葉、父さんをびっくりさせ、母さんをにっこりさせる言葉、でもラテン語が何の役に立つかって？　教養をつけるのに、フランス語を別の仕方で理解するのに役立つのです、それは、言葉の繊細なところを、見分けるための、虫眼鏡なのです、ムッシュ・ボーメールはそう言ってた、ラテン語は太陽です、言葉に光を当てて、輝かせてくれるのです、ラテン語は、アラビア語とは違った仕方で、世界を語る言葉なのです……アラビア語は僕の父さんの言葉、母さんの言葉……ムッシュ・ボーメールはこうも言った、ラテン語は、フランス語ともまた違った仕方で世界を語る言葉なのです、フランス語、ここにやってきて、話されるようになって、まもなく百年にもなろうという言葉、それは北国からやってきて、南の言葉と、混じることにしたのだ、しかしなんとややこしい動詞活用だろう、過去未来形に接続法の未完了過去形、ユダヤ人とアラブ人が混在する人口過密な街、その狭い路地に暮らすここの人間たちにとってそれはまた、なんと難しい時制の数々だろう……フランス語をなかなかマスターできない人間たちがひしめくそんな路地を、まさに今、ジャコブは歩いている……椅子の張り替えに、婚約衣装やカーテンを縫うのに、十枚ある生地のどれにしようか、

一

サテンか木綿か、無地のか金糸刺繡つきのかと悩んでいるような女たちとぶつかったり、町で最も貧しい靴修理人たち、台の上に広げた旅行鞄以外に店というものも持たず、靴のかかとの山の脇に道具を並べ、壊れた靴をささっと安い値段で直す男たちを押しのけたりしながら少し先へ行くと、香辛料がいっぱいに詰まったジュート袋が音を飲み込んでしまうのか、そんな靴修理人たちの叫び声も聞こえてこない……パプリカ、シナモン、クミン、唐辛子、ターメリック、バラの花弁の粉、キャラウェーシード、コリアンダーシード、クローブ、クロタネソウ、ドライミント……その香りでジャコブはお腹が空いてくる、あたりの宝飾店からのそっと出てくる客たちの間を縫うように歩いていく……宝飾店というのは一度だけ行くようなところでなく、五度も六度も出たり入ったりするもの、手にもって確かめ、贈り物としてこのアクセサリーは重すぎやしないか、いや重さが足りなくはないか、後ろめたい儲けや妬まれる金回りの良さを、あるいは逆にケチぶりを露呈しはしないかなどと考えるからだが、通り抜けざま耳にする会話の断片から、ジャコブにはアクセサリーを贈られる者のゾッとする様子を思い描くことができる……「モノプリ」やパリのギャラリーが誇らしげに並ぶその一帯の幹線道路「フランス通り」を駆け足で横切り、そこからさらに二十六番線通りの坂を十五番地まで歩いていくと、向かいの屋上テラスでちょうど洗濯物を干していたリュセットが、空気のちょっとしたそよぎとか、壁から壁へと動くピーターパンみたいな影とか、何かしらの気配に気づいて手すりから身を乗り出し、ちょうど建物の中に入って行くジャコブの姿を捉える……グレーのズボンと白いシャツに包まれたそのシルエットを目に焼きつけ、彼のフサフサの髪を手ぐしで整えてはまた、くしゃくしゃにしてしまったりするところなんかを想像してみている、その首にキスしてあげるところなんかも夢見ていたりする。ジャコブ同様、リュセットもそんなふうにしょっちゅう夢想に耽《ふけ》るのだが、そうとは知らずジャコブは階段を三段抜かしで駆け上り、三階のドアを開けたところでちょうど入り口にある戸棚に皿をしまおうとしていたマドレーヌ義姉さんとぶつかる。ガチャンと音を立てて、一番大きな皿が床に当たって粉々になり、もう一つの皿はコマみたいにくるくる回転し、タイルの溝で一瞬止まりかけてまたゆらっとしたかと思うと、最後は床にペタンと着地、陶器の破片を茫然《ぼうぜん》と見つめるマドレーヌの顎が小刻みに震えている、マドレーヌはお腹に手をやるのだが、お腹の中では脈打つ二つの心臓が、自分たちの温もりの場所に突如、侵入してきた緊張に気づいてびっくりしている……ああ、ごめんなさい、とジャコブ、本当にごめん、そう言って、破片を拾おうとしゃがみこむと、おやめ、息子よ、お前の仕事じゃないよ、と言いながら駆け寄ってきたラシェルは、マドレーヌに、ほら、片付けな、と素早い一瞥《いちべつ》で指図する、もっと早くおし、もう七時半、じきに男共が帰ってくるじゃないか。

部屋の隅ではマドレーヌの二人の娘、ファニーとカミーユが紐《ひも》で遊んでいる。姉が一本の紐で作った形を妹が真似する遊びだ。丸、四角、三角、顔、家、学校の教科書に出てくる絵みたいなモミの木。姉の集中力に比して妹の方は気が散りがち、その妹が皿が粉々になる音に顔を上げると、母親の目が異様に光るのが見えた、身重の体を折り曲げた母、その手の平が割れた皿の破片ですりむけるのを目にしたところでカミーユの頰にさっと赤みがさし、母親に手を貸そうと飛び上がるのだった……だめだめ、怪我するから、母さんに任せときな、姉ちゃんと遊んどいで、とマドレーヌは言うけれどカミーユは聞かない、大人と一緒の方が楽しいし、ファニーの几帳面な動作を真似るだけよりずっと面白いからだ……ぷっくりした指で皿の小さな破片を一番大きいかけらの上に積み重ねながら、これって砂糖菓子の建物みたいだな、と、つい、かけらを口に入れてカリッと嚙《か》みたくなるところをぐっとこらえる……母親の規則正しく熱い吐息を耳に感じながら、けれどこのしんどい作業で火照《ほて》っているに違いないその顔にはなんとなく目が向けられなくて代わりに巨大なお腹の方に身をかがめる、中には赤ちゃんが二人入っているって聞いたけど、喧嘩とかするのかな、場所取りで相手をポカリと殴っちゃったりするのかな、と自問している。赤ちゃんたちが生まれたら、自分が一番のチビじゃなくなるから、そうしたら、大人に話すときは目を伏せるもんだなんてこと、もう言われなくなるのかな、いや、そうはならないな、だって母さんだって、父さんやじいちゃんに話すときは目を伏せてるもの、そしてそんなときは母親の声が決まってざらざらとかすれるのにカミーユは気づいて、いつもちょっと悲しくなるのだった。

おいで、空の飛び方、教えてあげよう、カミーユにそう声をかけるとジャコブは床にじかに仰向けになり、脚を曲げてカミーユを乗っけてやろうとする、ゆっくりと、まずは膝の上にお腹が乗っかるとそこでジャコブはカミーユの手首をつかみ、一気に足を天井に向かって伸ばし、空《くう》に舞ったカミーユに、さあ、飛行機が離陸しましたよぉと声を上げる、唇をぶるんぶるんと振動させ、飛行機が飛んでいまぁす、ヒューッという音を出し、あ、大変、嵐がきました、足をバタバタさせて飛行機を揺らせば、カミーユはもう笑い過ぎてくたくただ。それを見てラシエルが顔をしかめる、ジャコブはこんなことして遊ぶ年じゃないのに、十九になったところだってのに、こうして居間のタイルの床に寝転がってるところは、だがまるで子供だよ、こんなことして、腰でも傷めやしないかい、そしたら入隊できなくなるじゃないか。そこでラシエルはハッとする、自分の思いの連なりからそこの部分だけ切り取って、よく考えてみる。腰を傷めるのも考えようによったら悪くないじゃないか。ジャコブはそしたら行っちまわなくて済むんだよ。あっちに行って、何が起こるかなんて誰にもわからないし、どこに連れてかれるかもわからない、でも腰痛になれば不合格だよ、かつてアブラハムもそうだったじゃないか、何の説明もなく、ただ健康上の理由ってやつだった、で、そうしたらジャコブはずっとうちに、自分のそばにいられる、可愛い末っ子、どこかの女にひったくっていかれるまでの数年間、自分の翼の温もりの中でまだしばらく愛して可愛がってやれるんだ、そう、もっと、もっと……

……もっと、もっと、とせがむカミーユは、ファニーが濃い眉をひそめ、苦々しい視線をこちらに向けていることに気づかないけれど、ファニーだって、本当はそんなふうに空を飛んでみたいのだ、地上から引き離されて、ジャコブの上空を飛んでみたいのだ……怖いふりをしながら、でも嬉しさで顔をくしゃくしゃにしている姪っ子の顔、突如、自分にもたらされた空を飛べる喜びで楽しくてたまらない姪っ子の顔を嬉しそうに眺めるジャコブ、もっともっととせがむカミーユ、だがその時、

階段から重たい足音が聞こえてきて、女たちは仕事の手を早め、ジャコブはまともな姿勢に戻ることを余儀なくされて即興で緊急着陸を演じ、ズボンのポケットの中に何か探し物でもしているふうを装う。ドアが開き、その先にハイームとアブラハム。同じ褐色の短髪、同じ険しい目つき、誇らしげに先の跳ね上がった同じ口髭《くちひげ》、だが、この二人はちっとも似ていない。でっぷりとした父親は木の幹のように年々厚みを増し、脂肪の年輪の数六十三はそのまま彼の年、彼が入ってくるやいなや、部屋が緊張感で縮こまり、陰気になる、対する長男はひ弱そうで、四十男の繊細なその目鼻立ちはひょっとしたら美しくもあり得ただろうが、せっかくの目鼻立ちを険しくする不安げな表情や目のキワの痛々しい傷は、美しさとはほど遠かった。二人はリシュパンス通りの靴修理屋から揃って戻ったところだが、ろくでもない一日だった、戦争のあおりで貧しくなった客たちは、革を弱めたり痛めたりしないよう時間をかけて上手に縫い合わせることのできる本物の修理職人よりも、格安なもぐりの店に流れるようになってしまったからだったが、ともかく、幸いにしてスープはできており、煮込んだ肉とクミン、トマトやコリ

アンダーの香りは、二人の男を少しばかりほっとさせる。マドレーヌが二人の上着を脱がせてやる、暑い日でも上着を羽織ることに二人がこだわるのは、それが貧乏人のエレガンスだから。マドレーヌが渡す水差しとたらいで二人は手を洗ってからラシェルとジャコブと共に食卓につくが、娘二人は床の大きなクッションに座ってスープ椀が配られるのを待っており、母のマドレーヌも後からそこに座ることになっている。ジャコブも含め、三人の男たちにはスープの上澄みをよそわなければいけないことをマドレーヌは知っている、なぜならそこはもっとも脂が多くて美味しいところだから……そのスープにマドレーヌは肉片を一切れずつよそい、四つ目の肉片はラシェル用、自分と娘たちは脂の少ないスープだけで満足しなければいけないけれど、たまに鍋の底に小さな肉片が沈んでいることがあって、そうしたらそれは息子のガブリエルのためにとっておくのだ……おい、ときにガブリエルはどこなんだ、とハイームが怒った声で尋ねる。

全員の視線がマドレーヌに向けられる。マドレーヌはまるでその中に身投げでもしたいかのようにスープの鍋を凝視したまま、知らない、知らない、とかぶりを振っている。アブラハムは拳《こぶし》をテーブルに叩きつけて罵《のの》り言葉を吐くが、それはガブリエルに向けられたものであると同時に自分の妻を、私的な領域や母性において侮辱するタイプの物言いだ。マドレーヌの頬が、さらにはひたいまでが赤くなる……自分の父親は、妻に対しこんな口の利き方を、それも人前ですることなど決してなかった、もうこの世にいない父、数百キロも離れたところに暮らす母、その二人のことを思うと喉元が締め付けられるようになる、十年来、すっかりお馴染みになったこの引きつるような感じ、それをマドレーヌがアラビア語でウアーシュと呼ぶのは、寂《せき》寞《ばく》の悲しみに当たるフランス語を彼女が知らなかったから。

ヤ・ラッビ・シディ（なんてこったい）と嘆くラシェル、いったい、あの子はどこに行ってるんだい。まだ八つになったばかりだってのに、あちこちふらついて、とんだゴロツキだ。いや、友達のモーリスんとこに宿題やりに行ったところを僕、見たよ、とジャコブが言う。もちろん嘘だ。学期末のこんな時期に先生は宿題など出さないものだ、だが二人の靴修理人は何も言わない、学校は彼らにとって霧の中の世界、訳の分からない世界でしかなく、知っていることといえば、先生ってのは学がある人たちで、そのおかげで偉いさんなのだ、難しい言葉を早口で話し、自信に満ちた顔をしている人たちなのだということくらい、先生たちには微笑んだり、落ち着き払ったりするだけの余裕がある、なんたって権力は彼らの側にあるのだから……事実、学校から借りた本に脂のシミがついていたというだけの理由で、ファニーの担任はファニーの落第を決めたわけだし。その顛末《てんまつ》はというと、ちょうどおやつを食べ終わったところでその本を開いてみたくなったカミーユが、一秒でも早く中の絵を見たくて手を洗うことも忘れて本に飛びついたせいだった。それに気づいたマドレーヌが本についてしまった脂をスポンジでこすってみたり、汚れたページに塩を振りかけてみたり、本を開いたままフライパンの上にかざしてみたりしたけれど、結局無駄だった。反抗的な兄のガブリエルとは大違いに真面目で素直だし成績もいいのに、そんなことのためにファニーは落第することになってしまったのだ……アブラハムとハイームはため息をつく。余計なことにわずらわされずに食事がしたい、あたたかいスープや、葉っぱをくるくる太めに巻きあげる食後のタバコに没頭したい、それにひょっとしたら例のプラム酒にも……戦争が始まる前に都会の客が持ってきてくれたその瓶は、白鳥の首みたいにほっそりと長く、遠くからやってきたぶん、いっそう神聖なありがたみがあるのだ。ハイームはそのプラム酒を年に二回、棚からうやうやしく引っ張り出してくる、ユダヤ教の正月、そして何か特別な出来事のある日、というわけだが、その日はまさに、そんな特別な日、何しろジャコブの出征前夜なのだ……スープに始まり、タバコ、酒へと続くはずだった完璧な流れは、だが、ガブリエルの不在によって邪魔されてしまった、誰かが彼を、あのガキを探しに行かねばならんのだから。ジャコブが立ち上がり、ラシェルが引き止めようとする、お前は明日、出発なんだよ、最後のあったかい食事じゃないか、あっちじゃどんな食べ物にありつけるかわからないだろ、それにデザートには桃も買っといた、みずみずしい極上の桃だよ、食事途中にそんなふうに中断したら消化に悪いよ、よく眠れなくなっちまう……けれどジャコブは母親を優しく制し、弟といってもおかしくない年の差の甥っ子、ガブリエルを探しに出る。ガブリエルには、この春先、シディ・ムシッドの天然プール*で水切り遊びを教えてやった。水面で石をバウンドさせて何の役に立つんだよ、と尋ねたガブリエルに、何の役にも立たないさ、とジャコブは答えた。でもね、手でしばらく石を持ってさ、ぎゅっと握ってやるんだ、すると石の上と下のすべすべした面が自分の体の中に入ってくる感覚になるんだ、石が自分の一部になるっていうかな、で、その石が水面を跳ねていくとさ、なんていうか、ほら、知ってるだろ、カトリック教徒の話、イエスが水面歩くっていうあの話、あんなふうに水面を歩くパワーが自分にもあるみたいな感じがするんだ、おもしろいだろ……するとガブリエルは早速、最上の石を選びにかかった。だが最初の数個は、無様に沈んでしまった。大丈夫だよ、次はうまくいくさ、最初からできる人なんているわけないよ、とジャコブは慰めたが、ガブリエルは諦められなくて石を投げ続け、その表情や腕には八歳のめいっぱいの意地がみなぎっていた。ジャコブが話してくれた感覚を体験してみたかった、自分の足で水面を駆けるってことをしてみたかった、そうしてとうとう、三十回目、いやもう五十回くらいにはな

＊もともとはシディ・ムシッド峡谷の崖岩、高さ七メートルのところに位置するくぼみで水源は岩から流れ落ちる温水。水深を一定に保つため、隣接する遺跡、直径三十メートル、半円型のローマ浴場への排水の仕組みが造られ、フランス植民地時代にはローマ浴場部分が修復され、水浴者のための脱衣、更衣のスペースも設けられた。一九三〇年代には同じ水源を用いた競技用プールも造られた。

っていたか、ついにできたのだ、飛び跳ねるカエルと化した石は、平らな水面にポツポツと四回、跡をつけた、ブラヴォー、すごいよ、すごい、とジャコブが声を上げ、ガブリエルの顔には誇らしげな笑みがパッと広がったのだった。

鎧戸の閉まった路地の静寂に響くジャコブの足音、闇商人たちも消えてなくなり、猫の子一匹いない、雨戸の向こうでは家族が食卓を囲んでいるはずだ、街の空気はひんやりと乾き、初夏のこの時期、太陽はすでに荒々しく照りつけるけれど、夜になると気温が一気に下がる、二十度くらい下がるのはざらで、もっと下がることもある。偶然というのは日によって幸運と呼ばれたり不運と呼ばれたりするものだけれど、ガブリエルを見つけられるかどうかは、ひとえにその偶然にかかっている、そう知りながらもジャコブは、とりあえずネグリエ広場まで探しに行ってみる、そこのシナゴーグ前で子供たちがときどきサッカーをして遊んでいるからだ。さほど遠くない昔、確か四年ほど前まで、ジャコブ自身もそこでボールを追っかけていたものだった、仲間にボールをパスしたり、地面に置いた二枚の上着の間をめがけてゴールを決めようとしたり……うまく決まれば右手の拳を空《くう》にあげ、失敗すれば首を振りながらうつむいたりしたものだったし、本物の男たちを真似て、なるたけ生真面目な顔で仲間と平手打ちを食わせ合ったりもしたものだった、なのにある日、何か特別なことがあったわけでもないのに、自分の十代の体から球を蹴る喜びが忽然《こつぜん》と消えてなくなり、その日を境にジャコブはもう二度とサッカーをしなくなった、もっとも、それが最後の日になるとは、あの日、当のジャコブにも思いもよらなかったのだけれど……ジャコブは自問する、今、自分にとってとても大切なのに、四年後には全然そうじゃなくなってるものってなんだろう。勉強、かな、ムッシュ・ボーメールは僕に勉強を続けるべきだと言う、フランス語がこんなに達者で歴史の成績もこんなにいいいんだ、自分と同じように教師にだって、いや新聞の編集者にだってなれるだろう、あるいは試験を受けて官僚になる道もある、と。ムッシュ・ボーメールはそう言うけれど、親や兄弟と自分がそこまで違うということなどあり得るものかどうか、ジャコブにはわからない。アブラハム兄さんは父さんと同じ靴修理人、イサーク兄さんは食品店の店員、アルフレッド兄さんはアルジェで何かの商売をやっているらしいが、誰も詳しいことは知らない、どうやって暮らしを立てているのかも謎だ……ときどき家に帰ってくると手品師のような仕草で札束を取り出してテーブルに置き、脚を大きく広げ、首の後ろに手を組み、そんな見せかけの鷹揚《おうよう》さでアブラハム兄さんにじろりと睨みをきかせて無言で威嚇するのだ、とはいえ、家で一番偉いのは何といっても長男で、おそらくはそのせいでアルフレッド兄さんはアブラハム兄さんをこんな形で侮辱せずにはおれないのだろう。ほら見ろよ、この金は父さんや母さんのためさ、いくらあるかなんて俺は数えもしない、いらない小銭を始末するようなもんさ……そこでジャコブは、あれ、なんで兄さんたちのことなんて考え始めたんだっけ、と我に返る。兄さん、という言葉からは遊び、喧嘩、一緒にたくらむいたずら、仲間意識、そのいずれも思い浮かばないが、アブラハムとは十九歳、イサークとは十七歳、アルフレッドとは十三歳も離れているので、そのせいで兄というよりは叔父に近い感覚なのだろう、彼らは険しい顔をした大人で、子供にかまけているよりも、日常をなんとか生き抜いていくことや世間の評判といったことにかかりっきり、そう、彼らにとってジャコブはガブリエル同様、ずっと子供のままで、だからジャコブにとってはガブリエルの方が兄たちより近い存在なのだが……当のガブリエルは、結局、ネグリエ広場にはいなかった。上空からはハゲタカの恐ろしい叫び声、見上げると、切り立つ岩山の方角に向かってその黒く醜い影が昇っていくところだ、口の中に苦いものを感じてジャコブは地べたに唾を吐くけれど、まずい味は消えることなく、刺すような不安が胸にじわりと広がる、その苦味を、あの息苦しいアパートに大急ぎでとって返して温かいスープで紛らしたい、突然自分を襲ったこの不安も一緒に溶かしてしまいたい、そんな思いに駆られ、ジャコブは回れ右して走り出す、ひとたびそこに身を任せたが最後、この不安は自分を石に変えてしまう力があるような気がするからだ。

＊

ジャコブは席に着く前に、おや、と首をかしげる、湯気を立てたお皿が、まるで魔法のようにしてまた出てきたからだが、それはラシェルに目配せされるまでもなく、マドレーヌがジャコブの帰宅を待つ間、皿を温めておき、玄関のドアが開くや否やさっとそれを出してやることをちゃんと心得ていたおかげだ。ハイームとアブラハムはニコリともしない。父親と兄の緊張をなんとかほぐしたい、と普通ならジャコブは思うところで、実際、ジャコブの話に家族が笑いこけるというのはよくあること、学校の友達や先生の真似をするかと思えば、上流階級の人たちのように口を尖らせた発音で、母上、恐れ入ります、わたくしのズボンはどこにしまわれておりますでしょうか、などと母親に尊敬語で話しかけたりするものだから、ラシェルは吹き出さずにはいられず、毎回、顔中、しわだらけにして笑う、そうかと思えば、今度はマドレーヌの方に向きを変え、手の甲に接吻して、お義姉さま、今日はご機嫌うるわしくてらっしゃいましたか、などとうやうやしく話しかけ、マドレーヌを赤面させる。ジャコブの優雅な言葉の数々、それを連ねる高貴な調子、そして柔らかな身のこなしの効果で、アパートの部屋はヴェルサイユ宮殿に様変わり、二人の女はたちまちにして部屋を埋め尽くす光にうっとりし、大切な人、敬意と愛を注ぐにふさわしい人を相手にするかのようにして男が女に語りかける、そんな夢のような世界を垣間見るのだ。今もまた、ジャコブはいつものようにこの部屋にいっときの笑いや優しさを吹き込むことだってできるのだろうけれど、そうしてこの家族の顔から心配や怒りの皮をそっと剝《は》ぎ取ってやることもできるのだろうけれど、今晩だけは彼もその気にな

＊神話や物語などにおいて人間や動植物が魔法や呪いで石化させられる現象がしばしば見られる。代表的なものにギリシャ神話のメドゥーサがある。メドゥーサは見るものを石に変える力を持っていたとされる。

れない、たとえその代償が泥のような沈黙の重苦しさだったとしても、今晩だけは、ただ黙っていたたい気分なのだ。

女の子たちはスープの最後の一滴まで飲もうとしてボウルを傾け、まだお腹が空いているけれど、ファニーはうつむいたまま、カミーユは男たちとラシェルの皿に、あ、お代わりもらってる、と、羨ましそうにちらちらと目を向けながら、でも何も言わずにいる。大丈夫、本当だよ、母さんはもうお腹いっぱいなんだ、もう十分食べたから、とささやきながらマドレーヌが自分のスープを娘たちに分けてやっていると、クッションの布にスープが数滴こぼれ飛んでしまう。マドレーヌは慌ててテーブルの方に飛んでいくが、ジャコブ以外の誰も何も気づかない、というのもちょうどその時、外階段を駆け上る子供の足音がしたから……ドアが開き、ハイームとアブラハムが立ち上がる、どこ行ってやがったんだ？　拳をにぎり締め、意地をむき出しにしたガブリエル、その光る目は祖父と父親に対する本心をストレートに語ってみせる……じいちゃんや父さんが僕に何を期待してるかなんて知ったこっちゃない、ちっとも怖くなんかないさ、ここにいるより、外にいるほうが全然楽しいんだ、いくら禁止したって聞くもんか……ガブリエルの返事などはなから期待していない二人の男の手がガブリエルの腕にぶっ飛んでくる……マドレーヌはすがるような目を二人に向けるが、男たちは意に介さない、今度はラシェルの方に向き直るが、ラシェルはラシェルでなす術《すべ》もない、と諦め顔、ジャコブはスープを飲み続けるが、テーブルの下で左脚がぶるぶる震えている。頭の中で二つの魔神の声が炎のように饒舌《じょうぜつ》に交差してジャコブに囁《ささや》く……ほら、立つんだ、お前の最後の晩じゃないか、あの人たちはだからお前にはさすがに何もしないだろう、彼らに言っておやり、子供をそんなふうに扱ってはいけないと。今のところあの子は殴られるままでいるが、そのうち反撃に出るぞ……。片やもう一人の用心深い方の魔神は、ジャコブにともかく目を伏せていろ、と命じる。行くんじゃない、ジャコブ。どのみちなんの役にも立たない、お前が出て行けば今日のところはひょっとして勘弁してやるかもしれないけれど、明日、二倍にしてぶん殴るだろう、そうしたらお前はもうここにいないんだから守ってやることができないじゃないか、じっとしてろ、無意味な争いを焚《た》きつけてどうする、今晩は早く休むんだろ、そうして、夜の物思い、闇のしじまの寵愛を受けた紫色の大きな花びらが開いていくみたいにして訪れる素敵な物思いに耳を傾けたいんだろ、父さんの叫び声なんか聞きたくないだろ、喉を詰まらせて声も出せないマドレーヌの涙なんかいらないんだろ、ほら、マドレーヌだってもう諦めて目を背けているじゃないか、明日、お前のいない時にもっと悲しませると知っていながら、マドレーヌにつかの間の希望を与えるなんてひどいじゃないか……。ジャコブはその声を聞きながら、でもそんなサポートはいくらなんでも消極的に過ぎるのではないか、と反論することもできないでいる自分の臆病がどうにも情けない、とうとう、よし、と、ドアの方に顔を向けたときには、だがもう遅すぎた、アブラハムとハイームはガブリエルを廊下に押し戻し、つい先ほどガブリエルがその引き締まった短い脚でよじ登ってきたばかりの階段を地下室へとしょっぴいていくところだ。ハイームがガブリエルをハシゴに押しつけ、アブラハムが縄で縛りつける、これでゴロツキみたいに街をうろつこうなんてぇ気も失《う》せるだろうよ……冷酷な怒りで煮えたぎった二人の力がガブリエルを押さえ続けると、ガブリエルのシャツの袖がビリッと破れ、母さんがこのかぎ裂きを繕わなくちゃなんない、と思っただけで、少年の喉の奥には大きな涙の塊がせり上がってくるのだ、血が出るまで唇を噛みながら、背中に振り下ろされるベルトの鞭を数える、一《いち》、二《にい》、三《さん》……十《じゅう》、今晩はたったの十発で終《しま》いだ、なぜなら男たちは酒を飲みにとっとと戻りたいからで、後ろ向きのガブリエルには、父親と祖父のどちらが残酷な快感と怒りを自分の背にぶちまけているのか見えなかったが、二人は踵《きびす》を返し、後ろ手にドアをバタンと閉めて行ってしまう。ネズミが一匹、ガブリエルの脚にさっと触れる。ガブリエルは声を上げずに、地下室の闇の一点に焦点を合わせる。その目は銃弾、闇の一点はじいちゃん、その標的めがけて連発射撃を食らわせ、次いで父さんに機関銃攻撃、目がチカチカして、開いているのかつむっているのか、自分が起きているのか眠っているのかわからないほど疲れ切ってしまったところでやっと攻撃を終える、開いていようがつむっていようが、起きていようが眠っていようが、それがなんだというのだ、地下の暗闇の中ではどのみち現実と悪夢が混ざり合うのだから。

上の階では娘たちの手を借りながら、マドレーヌがテーブルを片付けている、片付いたらそのテーブルを隅に寄せて、床にマットレスを敷くのだ、娘たちのぶん、ジャコブのぶん、そして自分とアブラハムのぶん。男たちは極小のグラスでプラム酒をちびちびやりながらタバコを吸っている、クリスタルガラスと透明な液体が反射し合ってちらちら揺れている様《さま》にカミーユはうっとりして、ねえねえ、あれって水の中の火みたいじゃない？　とジャコブに話しかけたらどうしてそんなふうになるのかを説明してくれるかも、と思うけれど、ハイームの大きな声の前では誰も口など開けるものではない、そのハイームは、プラム酒に加え、ワインの瓶も開け、一家の末っ子がこれから生きることになる体験について、息子たちと語らっている。軍隊ってのはな、臆病なニワトリをライオンに変えるんだ、そう言ってハイームは大きな手でジャコブの肩をつかむ、軍隊はな、子供を大人の男に変えるところなんだ、ハイームはここが肝心なのだというように、ジャコブの肩をさらにひと押しする……つまり、軍隊で人は人生を学ぶってことだな、とアブラハムが締めくくるが、その目にはいくばくかの悔恨の色が漂っている。男たちのこうした言葉は、かつてイサークが出征した時、次いでアルフレッドが出征した時に放たれた言葉の焼き直し、アブラハムとジャコブに挟まれた二人の兄弟は、だが、軍隊から戻った後も特に変わってはいなかった、勇敢になったわけでもなく、嘘つきがマシになったわけでもなく、とりたてて気前よくもならなかったし、ホラ吹きが改善されたということもなかった、しいて言えばやや毛深くなり髭が濃くなったくらいだが、それは軍隊では毎日、髭を剃らないといけなかったせいだろう。

ラシェルは、誇らしい目で息子を包んでやりたかったけれど、まぶたがぴくぴくと動いて内心の不安を吐露してしまっている。ヨーロッパでの不気味な戦争はもう五年になる。アメリカ軍がノルマンディに上陸し、ラジオは毎日、連合軍の前進を伝え、あちこちで勝利が続いているが、ラシェルは、死者や怪我人のことに誰も触れないことに気づいている、兵士たちの母親たちのことなど、誰も気にかけていないのだ、ひょっとしてジャコブもノルマンディに送られるんじゃ……そう思うとラシェルの心はキリキリとしめつけられる。なんとか笑顔を作りながらジャコブに桃の皮をむいて四つに切り分けてやると、キラキラしたおいしそうな汁がジャコブの指に垂れ落ちる。マドレーヌは口をピタリと閉じているが、どのみち彼女に何か話せと言う者など誰もいない、マドレーヌも心配なのだ、ジャコブの出征は、すなわちこの家でただ一人の優しくて陽気な人間がいなくなること、マドレーヌはそんな義弟を自分の息子のように愛している、それ以外の愛し方もあったのかもしれないなどという考えはもちろん自分にも封印している。さあ、もうお休み、と娘たちをマットレスに寝かせる。ファニーは痩せた顔を肘のくぼみにのっけて目を閉じる、本当に眠ってしまうまで、いつもそうやって最初、寝たふりをする、なかなか寝つけない時もあるけれど、大人たちは満足してカミーユに言うのだ、ほら、ファニーをご覧、いい子だよ、つべこべいわずにすぐに寝るんだからね。ちょっと待って、とカミーユは母親を引きとめる、母さんに言いたいことがあるの。マドレーヌはため息をつく、自分だって早く横になりたいのに、休息の時間が一秒でも減ることは、鉛の楔《くさび》が頭にキリキリと食い込むようなものなのに。なんだい？　なんの話かい？　あのね、もし悪い子だったら、あたしも地下室に入れられるの？………本当はそう訊ねたかったのだけれど、母親の目に深い苦悩の色を見てとったカミーユは口をつぐみ、ううん、なんでもない、なに言おうとしたか忘れた、とだけ小さくつぶやく。マドレーヌは特に追及もせず、立ち上がって皿を洗いにいく。まず男たちの三つのグラス、次いで、無気力な、けれど正確な動きで皿に手を伸ばし、脂の跡をやっつけにかかる、家を清潔に保つのは女たちの仕事、脂の跡はだから女たちにとっては恥辱の印、そして世界秩序の見張り役である男たちにとっては怒りの起爆剤なのだ。一日の終わりにまだ残っているわずかばかりの力のすべてを両の手に注ぎ込み、マドレーヌは焦げついた鍋底をゴシゴシ磨くが、焦げつきはなかなかとれない、さらなる力を込めてゴシゴシやり、とうとうそのざらついた茶色の塊を全滅させる、鍋はピカピカだ、マドレーヌは自分の念入りな仕事が誇らしい、あたしが焦げや汚れに屈服する人間だなんて誰にも言わせるもんか。ラシェルもまた、きれいになった鍋釜に満足げに目をやる、そして塩味のビスケットをふきんに包み、ほら、持っておいきよ、とジャコブに差し出す、いや、母さん、もうたくさんあるから、半年ぶんくらいもうくれたじゃないか、とジャコブ。なに言ってんのさ、ほら、まだここに空きがあるじゃないか。ジャコブの荷物の中の、靴下とセーターの間にラシェルはビスケットの包みを押し込む、ジャコブの荷物はもうはちきれそうにパンパンだ。その荷物の上に全体重をかけて閉めるのを手伝ってやった後、マドレーヌはようやくマットレスに横たわる、ほどなくアブラハムもやってくるはずだけれど、マドレーヌが身重の間、彼はその体に触れない、少なくともその点に関してマドレーヌはほっとしているけれど、お腹の中の二つの体は自分たちの寝床の動きが急に止まったのでびっくりして動き出す、うねうねと動いたりストレッチしたり、ここは自分たちだけの庭だとでも言わんばかりだ。注意を引こうとする赤ん坊たちを、だが、マドレーヌは気にかけないようにする、今、自分を必要としてるのはこの子たちじゃない、この子たちは盲目の子猫と同じくらい取るに足らないもの……それに反して、今まさにネズミと一緒に地下室に閉じ込められているガブリエルのことを想像するだけでマドレーヌは胸が張り裂けそうになる……ハイームとアブラハムに息子はどんなお仕置きをされたのか、男たちは、もうそのことを覚えてすらいないに決まっている、マドレーヌの頬を涙が伝い落ちる、マドレーヌは音一つ立てることなく泣くことができる、何といったってこの十一年間、ずっとその練習をしてきたのだから。

マットレスに身を横たえているジャコブには、だが、音もなく呼吸している、まさにそのことによって、マドレーヌが泣いていることがわかるのだ。子供たちの規則的で軽やかな寝息、眠っている間ですらありもしない力を誇示せんとするかのような兄の深い吐息……明日になれば、これらとは違う寝息を自分は聞くことになるのだ。夜中に突然起き上がって部屋を突っ切って玄関のドアまで行き、ノブをガタガタさせながら、いかにも利かん気な感じで訳のわからないことを口走る、そんなカミーユに起こされるようなこともなくなる、そういう時のカミーユときたら、この部屋が突如、おっかない影がゆらめく奈落の底にでも変わってしまったかのように目をかっと見開き、玄関のドアに向かって何事かを交渉し続けるのだ、ジャコブかマドレーヌがその手をつないで寝床まで連れ戻し、大丈夫だよ、夜だからね、寝なくちゃね、といって落ち着かせるまでその交渉は続くのだ。カミーユがそれでもなかなかいうことを聞かず口答えをし、その声で他の人を起こしはしないかとマドレーヌが怯《おび》えるようなときもある……だが今夜、カミーユのぷっくりとした小さな足が床のタイルに触れるや否や、さっと飛び起きるのはまだ目を覚ましているジャコブ、四歳児の力を総動員してカミーユは首を横に振り、ファニーの隣の寝床に戻ることを断固として拒否する、ジャコブはカミーユを自分のマットレスの上に連れてきて耳元でささやく、さあ、また寝ようね、そして明日、一緒に飛行機に乗ろう、空高く、うんと高く飛んだら、下にいる人たちがバッタみたいに小さく見えるよ、いや、もっと小さくってアリみたいかもね。カミーユは飛行機が部屋を飛んでいるところを思い浮かべてすっかり夢心地、片方の翼によじ登ると機体はゆっくりと旋回していく……そんな

一

夢想の中でカミーユはようやく再び眠りに落ちていく。ミルクとシナモンが混ざったようなカミーユの匂いをジャコブは吸い込む、と突然、稲妻のようにある考えがその体を貫く、内側から強い光に打たれ、ハッと目が開かれるよう、そうだ、うん、そうなんだよ、ある日、僕自身が父親になる、そうしたらその時には、自分が父さんから一度もしてもらったことのないようなあれやこれやを自分の子供たちにしてやることが僕にはできるんだ……それは数秒前には思いもよらなかった展望の啓示だった、我が子に向けてやれるそんな優しい仕草や行いが自分の筋肉の中に、カミーユを抱いてやっている自分の腕の中に人知れずすでに宿っているのをジャコブは実感する、やっと訪れたカミーユの規則正しい寝息が、ジャコブの頬を優しく撫でている。

アパートのドアを出ていくジャコブの姿に、そうすまいとしても涙が頬を伝うのをラシェルはこらえることができない。息子を引き止め、オレンジ花水*をふりかけてやる、自分の金の腕輪とルイ金貨を数枚、踊り場のふちに置き、上から水をかける。ジャコブ、可愛いジャコブ、濡れた金の上をお歩き、そう、いったんドアから出て、またその上を歩いて戻るんだ、いいかい、そうすればお前はまた元気にここに戻ってこられるんだからね、神様がお前を守ってくださるんだからね。ジャコブはきっちり言われた通りにやってみるけれど、水と金をセットにしたこんなおまじないはちょっと信じられないな、と思う。マドレーヌに、カミーユに、ファニーに、順に別れのキスをし、ジャコブの出発というので地下室から連れ戻されたガブリエルの髪をくしゃくしゃっと撫でてから、ウインクをしてやる。いい子にしてろよ、僕が戻ったらリユメルの岩山を一緒に登ろう、それまでこれを持っときな、そう言って、ガブリエルの手にとびきりすべすべした平たい石を一つ、滑り込ませる。兄を、そして父を抱擁する、手紙を書くよ、許可が出たらすぐに帰省するよ、みんな、僕のこと、心配しないで。

＊オレンジの花びらを水蒸気蒸留させて作る芳香蒸留水。中東や北アフリカで広く料理や化粧水などに用いられる芳しい液体。オレンジフラワーウォーターとも。

リュセットは誰か他に待ち人でもあるかのように道の先の方に顔を向けているが、その目の端ではジャコブの姿をじっと見張っている。だのにジャコブは足早にリュセットの脇を過ぎて行ってしまう、早く兵舎に着いて新しい人生に飛び込まなくちゃと気が急《せ》いているからだが、そうあって当然だろう。新しい人生で何が自分を待ち受けているのだろうとワクワクするし、すでにずしりと重いこの荷物を腕から一刻も早く降ろしたいのだから。普段なら朝は笑顔を交わすものなのに、この日のジャコブは自分を探そうともしないのでリュセットはがっかりだ。あるたけの勇気をふり絞ってリュセットはジャコブに追いつこうと駆け出し、彼の足元ぴったりのところで自分のリュックサックをわざと落とす、あ、ごめん、ジャコブ、そこにいるって見えなかった、学校に遅れちゃうわ、私。ジャコブはリュセットのリュックを拾って手渡しながら、自分に向けられたそのふっくらとした顔や褐色の瞳からしばらく目が離せないでいる、その瞳は大胆にもこんなことを言っている、あんたの髪を手でかき混ぜ、あんたの首に口づけしたい………。リュセットはちょっと考え込むように眉を吊り上げてみせる、あら、兵隊に行くのは今日じゃなかったかしら?　そうだよ、だから僕も急いでるんだ、さすがに今日こそは遅れるわけにはいかないからね。そっか、頑張ってね、元気で戻って来て、そう返しながらリュセットは、こんな母さんかばあさんみたいなセリフを口にして、ほんと、私ったらバカみたい、と思う。今まで男の子に恋人みたいな口の利き方をしたことはないけれど、そういう言葉くらい知らないわけじゃない、使い途《みち》のない宝石のようなそんな言葉なら、リュセットの胸の中には十分なストックがあるのだ……瞳に語らせているばかりのこの気持ちを、今、ジャコブに告白しなければもう手遅れだ、二人の間にしっかりと糸をつなぐ最後のチャンスを逃してしまうことになる、その糸があればこそ、手紙を書き合うことだってできるし、相手が書いてよこす文章、相手を想って自分が紡ぐ文章を何時間でも夢見ることだってできるというのに。数ヶ月後には双方の両親が声かけあって二人を一緒にさせる算段を始めることだろう、若い二人が間違いを犯さぬうちにというところだろうけれど、正直なところ、リュセットは、その間違いの道にこそ、今すぐにでも踏み出したいのだ……リュセットの下腹部に甘酸っぱい筋《すじ》を走らせ、太ももの間を疼《うず》かせるのは結婚式の天蓋《フッパ》*でもなければ、白い花嫁衣装のイメージでもない、そうさせるのはジャコブの肌、去年の夏、アイスクリーム屋の店先の行列で二人の腕がかすかに触れ合った時以来、リュセットが夢想せずにいられないその肌なのだ……ジャコブの艶やかな褐色の皮膚と栗色の柔らかな体毛、それが自分の前腕に数秒、触れたあの時の感触

*ユダヤ教の婚礼で用いられる天蓋（ヘブライ語でフッパと呼ばれる）は「家庭」を象徴する。通常は、まず天蓋の下にラビ（ユダヤ教の宗教指導者）が入り、次いで花婿が入る。花嫁が近づいてくると、花婿はヴェールの下の顔を覗き、自分の妻となる人、本人であることを確認したのち、花嫁を天蓋の下に招き入れる。

を思い起こすたびに、だからリュセットは顔を赤らめずにいられない。ジャコブは最後にリュセットに何か言葉をかけてから背を向けて歩み去って行くが、その言葉がなんだったのかリュセットには聞き取れなかった、遠ざかるジャコブの姿を目で追いかけ、数時間後にはバッサリ刈り上げられてしまうはずのその頭髪をじっと見つめるリュセット、後ろ姿でさえ、ジャコブ、あんたはなんて素敵なんだろう、そう思っただけで胸が締め付けられ、とろけそうになり、乳房が硬くなってくる、そんな自分の気持ちをどうしていいか、リュセットはわからない……兵舎のあるダムレモン通りの角をジャコブがひとたび曲がって行ってしまったら、もう立っていられなくてへなへなとその場に崩れ落ちてしまうことだろう。

台帳記載の名が呼ばれ、まずは兵士姿に変身だ……カーキ色のユニフォームに着替えると、我が晴れ姿を一目見んと、部屋にたった一つの立て鏡へと皆が殺到し、このシャツにこのズボン、そしてこの色のおかげですっかり見違えるようになった自分の姿に揃って目を輝かせる。男らしい装いに得意になって胸を反らせる者たちがいる一方、ズボンにしまい込んだシャツが大きすぎて中で体が泳いでいるような者もいて、そのズボンが腰骨のあたりまで下がって哀れな詰め物のように膨らんでいる。おい、お前ら、パリの高級ブティックにいるわけじゃないんだからな、サイズにお構いなしにユニフォームを分け与えながら先輩兵士が声をかける、ごちゃごちゃ言ってんじゃないぞ、でないと……手の甲でパチンと蚊を殺す真似をして……こんなふうに潰されちまうからな。バリカンのスイッチが入り、褐色の、栗色の、稀にブロンドの髪の束がバサバサと落ちて、白いタイルの上にふんわりと悲しげな山を作る……各自に配られる鎖付きの名札には、名前と個人番号、つまり死者の身元特定に欠かせない二つの要素が刻まれており、この名札が、それぞれの胸元の出生のメダルや、ふくよかなキリストを腕に抱くマリア像や、ダビデの星や、「生きるもの」を意味するヘブライ文字の「ח《ヘット》」と「י《ユッド》」に重ねてかけられ、ツルツルだったり、毛むくじゃらだったりする素肌の胸、まだパリッと糊の利いたシャツの襟の内側でキラキラ光る……そんな金属製の名札を早く飼い慣らそうとでもするかのように、誰もがこれを指で撫でてみずにはいられない、もちろん皆、自分の番号はとっくに暗記してしまっている。ジャコブに与えられた番号は４５　９３　００１０７３。新米兵士の一人が数字の意味を教えてくれる。４５は生まれ年（１９２５年）の下二桁に２０を足した数なんだ……そう聞いてジャコブはちょっとびっくりする、なんだってきっかり２０を足すんだろう、僕らの若さを強調するためだろうか。で、９３はコンスタンティーヌ県の番号。そのあとに続く数字は、まあランダムだな、けど、その数字があんたの番号ってわけ。

　あんた、つまり、ジャコブ・メルキ兵士は、ちょうどその時、部屋の反対側の端っこ、ユダヤ人とムスリムと生粋フランス人たちのごちゃ混ぜグループの真ん中に、オマール高校の同級生が二人いるのに気づき、人混みをかき分けて彼らに合流しようとしたが、騒がしい兵士たちの群れに伍長の命令の一声が飛ぶ、こら、静かにしろ、さあ、トラックによじ登るんだ……そのホロ付きトラックは、長く留め置かれた荷馬のごとくガタリとひと揺れしたかと思うと一気に速度を上げ、兵士らの手に触れようと駆け出す子供たちを引き離して南の方角に向けて走り出す。そびえ立つ岩山をぎゅっと抱きしめる黄土色と白色の町、コンスタンティーヌ、自慢の大吊り橋とそのほかの五つの橋に囲まれ、真ん中を素敵な渓谷が貫く要塞の町、コンスタンティーヌが、トラックがカーブを大きく曲がったところで忽然と彼らの視界から消えてなくなる……それはあたかも子供時代の遊びや喜びや不安の記憶の中にしか、そんな街などそもそも存在していなかったかのような消え方なのであった。

一

トラックは道路の赤い埃を呑み込んではまたそれを吐き出しながら進んでいく。今、オレスの山*を越えてるんだ、と誰かの声。サハラの方に向かってるんだな、と別の誰かの声。なあ、誰か、タバコ持ってないか、と三番目の声。トラックがガタンと大揺れするたびに若い新兵たちも一緒に跳ね上がり、互いにもみくちゃになって大笑いだ、おい、場所空けろってば、女に押されるんならいいけどな、お前太り過ぎなんだよ、重いんだよ、母ちゃんに食わせられすぎだって、料理人が変わればお前にはちょうどいいぞ……。互いに肘鉄や平手打ちを食らわせ、顎を持ち上げてふん、なんだい、と顔を背けてみたりしつつ、その間、刈り上げられたばかりの後頭部に指を這《は》わせずにはいられない、髪の毛の代わりにタワシでザラザラと手の平が削られるような、いかにも奇妙な感覚だ、お前、名前なんてんだ？　どっから来たんだ？　メルキ、ボナン、ウアベッサラム、アタリ、ハダッド、リシュパンス通り、ダムレモン通り、カラマン通り、二十六番線通り、ベルヴュー……いろんな名が飛び交って混じり合う……ル・クー

*アルジェリア北東部に広がる地域。アトラス山脈の延長にあり、絶壁と肥沃な渓谷からなる褶曲《しゅうきょく》山地。

ディア、と答えたのはボナン、そこはコンスタンティーヌきってのシックな地区で、閑静な丘の上に造られたヨーロッパ風の街だ……新兵たちはそうやって口々に自分がどこからやってきたかを答えるけれど、これからどこへ行くのか、誰も知らない……皆、元気な兵士ぶっていたけれど、ホロの下の暑さでぐったりし、やがて沈黙が広がる。はなからおしゃべりに参加していなかった新兵もいるにはいて、彼らはそこが自分たちの居場所ではないとすでに感じ取っていた、周りの仲間たちの中で違和感を覚え、フランス軍だろうが何軍だろうが、軍隊というところは自分の属する場所じゃない、と感じつつ、けれどそんなふうに思ってしまうことを恥じているのだ……空と岩に挟まれた荒涼とした景色の中、まさにそんな景色が強いる新たな孤独感と共に若い兵士たちはこうして何時間もトラックの背に揺れてゆく。どこだか見当もつかないようなところでトラックが停まり、同行してきた伍長が油のコーティングが施されたホロを開けた途端、太陽が焼けるように刺す。こらえていた用を足すため新兵たちが一列に並ぶと、噴射する茶色い液体が甘酸っぱい強烈な匂いを放ちながらあさっての方向にてんでに飛び、砂の上に黒々とした溝を作る……グランドキャニオンにも負けない、といっても彼らの誰もグランドキャニオンなど知らないのだけれども、こんな絶景の中にあってさえ、彼らが打ち興じることといったら、誰がオシッコを一番遠くまで飛ばせるかなのである。

砂漠の真ん中に張られたテントの中で歯をガチガチさせながらジャコブは考えている、みんな、どうやって眠っているんだろう。次々と襲ってくる疑問をどうやって黙らせているんだろう。誕生以来のどんな経験がここで役立つというのだろう。アプリコットの種を使ったおはじき遊び、葦の枝と新聞紙、それに糊代わりの水と小麦粉でこさえた凧、いや、違う、学校で借りた本、音楽、洞穴《ほらあな》の中でこっそり吸ってみたタバコ、おっかなくも素敵な神秘に満ちた女の子たちの姿を盗み見したこと、いや、それも違う、喧嘩、祈り、お祭りのごちそう、リュメルの岩山で滑り落ちたこと、膝を怪我したこと、手を擦りむいたこと、いや、それもまた違う、もちろんそんなことの結果としてここにきてるわけじゃない、友達とした兵隊ごっこでさえ、関係ない……僕らの戦争ごっこに最多出場したのはヴェルダンの戦いだった、ダルダネルってのもあったな……。年寄りがよく口にしていたダルダネルという言葉が僕らは大好きで、二つのダに挟まれたルを思いっきり巻き舌にして、最後のルのところでは舌の上を飛んでいくみたいな柔らかいエンディングにしたりして、ガラガラうがいするみたいに発音したんだよな。ダルダネルだぞーって叫ぶだけで本当にダルダネルの戦場にいる気分になれたっけ。お前はドイツ兵だな、バーン、殺したぞ、お前、もう死んだんだぞ、ははは、よし、もういい、来いよ、レモンアイス*を買いに行こう、兄ちゃんから五十サンチーム、くすねてきたからさ……。冷たいレモンの味がジャコブの口の中に広がって味覚突起に閉じ込められていた記憶を叩き起こす……ジャコブは再び自問する、みんなはどうやって眠れるんだろう。軍事訓練で絞られているというのにジャコブは寝付けない、しかしなんという訓練だろう、ジャコブの薄い胸は熱い空気をうまく調整できなくてパンパンに膨れ上がって爆発しそうになるし、もうこれ以上伸ばせないのに無理して伸ばすから筋肉が引き裂かれる、けれどさらにひどいのが軍曹の侮辱の数々だ……あの軍曹、かつて子供だったことがあるなんて信じられない、いや、子供だったとしたら相当、残酷な子供だったに違いない、あの人にも十八歳だったことがあるんだろうか、生まれた時から三十歳だったとしか思えないあの軍曹が、駆けろ、と言う、伏せろ、と言う、よじ登れ、と言う、撃て、と言う、立て、と言う、お前らみたいな軟弱はすぐにやられちまうぞ、と言う、お前らみたいな馬鹿者は一人残さず死んじまうぞ、と言う、彼が口にするのはそんな言葉ばかり、ありがとう、とか、もしかして、おやすみという言葉だって彼が口にするのを誰も聞いたことがないんだ、まったく、一生に一度も発声しないでいられる言葉があるだなんて信じられないじゃないか……。ここにもうどのくらいの期間、自分たちが駐屯しているのか、ジャコブにはもはやわからなくなっている……キャンプではそこに鳴り響く番号だけの存在に誰もが成り果て、それなりに人生と呼べたようなかつての日々とは程遠いところにいる、いや、そもそもかつての日々の方がマシだったなどと誰がいえようか、アハガール山地の真ん中、不潔で汗臭いこんな暮らしももう五十日くらいになるのだろうか、五十の昼と五十の

一

夜、それは過去の生から彼らを切り離してしまった、最初の幾晩かはそれでも母親たちが作ってくれた焼き菓子やファルシ＊でひどくまずい食事もなんとかしのいでいたが、それがとうとう底をついてしまうや否や、過去を現在につなげる糸が切れてしまった……食べるものの味が変わっただけではない、コリアンダーやオレンジ花水にクミンの香り、それに家族の体臭が渾然と混ざり合った過去の匂いも突如消えてなくなり、自分たちの足の熱く湿った匂いだとか、脇の下から吹き出す汗の酸っぱい匂いに取って代わられた、その汗が、点呼の最中、脇腹から腰まで流れ落ちてくる時のくすぐったさが、ほんの一瞬、彼らにはびっくりするほどの快感だったりするのだけれど、快感……そんな言葉も感覚も、それ自体、長らく忘れてしまっていたもの、消えてしまった他の多くのことと同じようにそれもまた、茹でただけの肉とジャガイモ、わずかの塩以外、何の香辛料も入っていない米の中に溺れてなくなってしまったのだ。訓練初日、基地の司令官は機械的な声で、諸君らにとって新しいページが開かれたのです、ここは新しい世界なのです、などと言っていたけれど、これはそんなものじゃない。規則その一、会話を率先して始めてはいけない、規則その二、命令に疑問を挟んではいけない、規則その三、

＊（45頁）アルジェリア名物、クレポネ（crêponné）のこと。卵白の入ったふわふわのレモンソルベ。

＊ひき肉やチーズを詰めた（ファルシ＝詰め物をした）薄焼きパン。

利口ぶってうまくやろうなどとするな、規則その四、時間厳守、秒単位の話だ、ぼんやりしてる暇は一切ない……ジャコブの目が夜、開いたままなのはおそらくそのせいだろう。ここへ来て、ジャコブの体は変わった、筋肉がつき、肩幅も広がってたくましくなり、硬くなると同時に柔軟になった、そうした変化はもともと予想していたことだけれど、心のうちまで変わることはない、以前、うちにいた時と何ら変わらないさ、そうジャコブは思っていた……自分の考えていることは他の誰にもわからないという発見をした日以来、ずっとそう思ってきた、なんといっても自分の内なる声を聞けるのは自分一人きりなのだから。その内なる声の第一声は、フダンソウのシチューは不味《まず》くて好きじゃない、あんなのはラバのエサだ、というのだった、それからイヴェットおばさんの馬鹿げたしかめっ面、狂った梟《ふくろう》みたいに目玉を回転させるあの顔も好きじゃない、父さんの叫び声も好きじゃない、苛立たせたり、挑発したり、口答えしたりする者をぶん殴る父さんの手も好きじゃない、母さんの顔に時々現れる怯えた感じも好きじゃない、いつも人がいてガヤガヤしていて落ち着かないうちのアパートも好きじゃない……内なる声はさらに続いた……学校の方がずっと好きだ、ベンサイッド先生は父さんよりずっと優しいし、ルーヴィエ先生は母さんより美人だ……そんな内なる声たちは、でも何らややこしい結果を招きはしなかった、それで叱られることもなかった、ジャコブの頭の中だけの言葉、音のない言葉だった、ジャコブはいつも模範的な行いをしたし、大人の話を遮るようなこともしなかったし、口答えなどさらに論外、市場では母親の買い物かごを持ってやったし、父やアブラハム兄さんについてシナゴーグにも通い、彼らと同じように振る舞えば、お前はいい子だ、と頭を撫でられるようなこともあったけれど、その実、ジャコブはただ、陽の光の中を舞う埃を目で追って一人遊びしながら、埃みたいに目には見えるけれど、決して手でつかむことのできない事柄について考えていたに過ぎないのだった。

ジャコブは腕をこすって温めながらテントを抜け出し、ボナンにもらったアメリカ製のタバコに火をつける。上級軍曹か曹長が通ったら、便所に行くところだったことにすればいい。キャンプ場に黒々と刻まれるテントの影、その規則正しい配置にジャコブは胸を詰まらせる、まるで墓地の一角を埋める墓石だ……咄嗟《とっさ》に浮かんだそんな病的なイメージを躍起になって頭から追い払う。ジャコブらしくないことだ、家族の中にもアパートの建物にも街にも、何でもかんでも死と結びつける輩《やから》が少なからずいたが、ジャコブはそういう人間ではなかったからだ……口から毒唾を吐き出す長細い黒蛇のように彼らは言う、嘘をついたらその瞬間に死ぬぞ、死ぬまであいつとは口をきかない、俺が死んだら気が咎《とが》めるだろうよ、などと、断言口調で達観を装いながら、けれど実に恨みがましい物言いなのだ。片やジャコブが好きなのは、シディ・ムシッドの吊り橋の上、天と地の真ん中に身を置くこと、眼下の川では水の流れと一緒に一秒一秒がどんどん流れ去っていくのに、そこでは、時間もまた、橋と同じように空《くう》で宙吊りになっていて、そのせいで、彼もまた止まっていながら、同時に動いているような感じがするのだ、それは喜びと怖さが入り混じった恍惚状態、なにか聖なる時間の中に吸い込まれるような、神がかった、自分だけの時間を大きく超えた世界時間とでもいうようなものの中にいるような感覚だ。ジャコブはまた、競泳プールや渓谷で泳ぐのも好きだ、筋肉を交互に緊張させたり弛緩《しかん》させたりを繰り返すうちにその筋肉自体を感じなくなる……自分が広がる液体の中に身をおく人体なのだという意識も遠のき、自身が水になり、形のない存在になり、泡になったような気がしてくるのだった。もちろんそんな彼にだって、みんなのように女の子を引っ掛けにプールに行くようなこともあるにはあった、女の子にレモンアイスやレモネードをおごってやったり、高い飛び込み台に登り、自分の背に向けられる視線を知りながら知らん顔をして、空中に完璧な人の矢を描くことに神経を集中させるようなこともあったけれど、だが何にもましてジャコブを陶然とさせるのは、皮膚に触れる水の感覚そのもの、そしてもう一つが音楽だ……アラブ・アンダルシア音楽ならダルブッカ太鼓*の打音やヴァイオリンの音色、フレンチ・シャンソンならばトランペットやピアノ、ギターの伴奏も素敵だ。それが歌であれば歌詞にも惹かれる、歌詞の言葉というのは普通の話し言葉よりもっと深遠でもっと鋭く心に響きはしないだろうか、その歌詞にメロディやリズムが加われば、さらに胸に、お腹に直に語りかけてきて、ジャコブは踊らずにはいられなくなる。子供の頃、婚礼やバル・ミツヴァ**のお祝いの席で、ジャコブが女たちの前で体をくねらせて踊って見せると、女たちは彼の周りで笑い転げながら手拍子を打ったものだった……ヴァイオリンやウード、タンブランの放つ、疼くような音に身体を絡め取られ、何時間も憑《つ》かれたようになってトランス状態に入ってしまう女たちもいて、音楽によって抑圧された欲望や痛みから解き放たれた女たちの身体は、顔面蒼白で脱水状態に陥った頃になってやっと我に返るのだが、女たちの血走った目には薄暗いおぼろな光があるきりで、それはジャコブをいつもうっとりさせたものだった。いずれもジャコブが十三歳になって男たちと同席するようになる以前の出来事だったが……。

水と音楽、ジャコブがもっとも愛するその二つのものは、だが、ここのキャンプにはない、そしてもう一つ、ここにないものがある、ないとわかっているけれど、ぽっかりと空いたその穴を表現する言葉をジャコブは持たない。昔、あれほどたくさん暗記した詩、なのにその中のどれかを思い出そうとしても、ここアハガール山地でフランス軍の兵士となって以来、詩の記憶装置が故障してしまったみたいで、支離滅裂に湧き出てくるでたらめな言葉の群れにつまずいてわけわからなくなってしまうのだ……とはいうものの、詩を書いた人たちの名前は思い

＊北アフリカから中東、バルカン半島にまたがる地域で紀元前千百年ごろから広く用いられている打楽器。陶製や木製、金属製の胴をもち、ヤギの皮などが張られた片面花杯型の太鼓。

＊＊ユダヤ教で十三歳になった男の子の成人を祝う儀式のこと。女の子の成人式はバット・ミツヴァと呼ばれ十二歳で祝われる。

出せる……ユーゴー、ランボー、ボードレール……彼らの顔だって思い出せる、でも思い出せるのは顔だけ、書かれた言葉の方は、あたかもアハガール山地の太陽や上級軍曹の命令や凍えそうな夜といったものにそっくりかき消されてしまったかのよう。ボーメール先生は、でも僕らに言ったじゃないか、詩はすべてに抗えるのです、と、時代にも、病にも、貧困にも、そしておぼつかない記憶に対してさえも抗い、時々そっと撫でてみたくなる痕跡を我らの中に刻み付けてくれるのです、それが詩なのです、と……けれどここには詩句の居場所などない、詩句は制服とは相容れないものだし、武器と軍人の言葉、すなわち叫び声の短文からなる新たな言語によって詩の言葉は沈黙を強いられるからだ。ボーメール先生は僕らに嘘をついた、あるいは誤ったことを言ったのだ、詩の暗記に費やされた時間は、結局のところ良い成績を取ること以外に何の役にも立たなかった、その上、上級軍曹には僕らの成績が良かったかどうかなんて、まったくどうでもいいことだし、それどころか、そんなかつての真面目な生徒たちのことを、この頭でっかちなどと呼んで、むしろ侮辱しさえする。間違いだらけのフランス語を話すような兵士の方が軍曹の好みなのだ……ただし、ムスリムの兵士たちは別、彼らのことをアラブ野郎などと呼び、ゲラゲラ笑いながらことさらに言葉の間違いを訂正し、面白がって、ファティマとかブリコ、バブエルウエルといったあだ名をつけたりする、そんなあだ名で呼ばれて相手の褐色の肌がさっと赤面しようものなら、そいつの肩に手を置き、ははは、冗談冗談、お前はユーモアのセンスがあるって知ってるからな、いい奴だな、フランスのために戦うんだぞ、そしたらフランスがお前をきっと褒めてくれるさ、などとからかうのである。

タバコの先端が最後にもう一度赤くなり、あっという間にタバコは終わってしまった、もう一本、火をつけて、煙で喉があったまるのをゆっくり味わいたいところだが、ポケットは空だ。フェネックギツネ*のキイッという鳴き声にかき乱される静寂を突っ切ってジャコブが仲間の眠るテントへ戻ると、アタリは枕の向きを正そうともがいている、ハダッドは例のごとく、いびきをかいている、翌朝には決まって憮然とした顔でいびきなんかかくもんかと否定するのだけれど……ウアベッサラムは呼吸しながらあんまり長く息を止めるので、毎度、もしやこれが最後の呼吸なのかと心配になるくらい、ボナンは半開きの目で股間を手でまさぐっている、それなしでは寝付けないのだが、それは彼に限ったことではない、まるで女っ気のないこの環境では、女への欲望が耐え難いものになるからだ、誰も彼もが、自分の名を失い、姓、あるいは兵士番号でしか呼ばれない、そのことこそが、戦闘準備の整った男の証でもあるかのような、ここはそんな世界。寝付けない一秒一秒が、敗北の印のようにカチカチと脳内に響き、徹夜明けの一日という恐怖が胸を締め付ける中、ジャコブは自分の心を落ち着かせよう、何とか眠ろ

*アラビア半島や北アフリカの砂漠地帯に生息するフェネック属のキツネ。先の尖った大きな耳が特徴。砂ギツネとも呼ばれる。

うとの思いで、自分の名を静かに唱える、ジャコブ、ジャコブ…ジャコブ……ジャコブ………。

早朝、国旗の掲揚が済むと、まずは交互に腕立て伏せとランニング、次いで砂糖なしのコーヒーとゴムみたいなパン、頭上には、眩《まぶ》しい青さで目がくらむような、いつにも増して高く見える空、その空のもと、上級曹長が、いよいよ出発だ、フランスを解放するための出陣だ、と告げる。諸君は、ジャン・ド・ラトル・ド・タシニ将軍率いるB軍隊*に入隊するのだ、大変に名誉なことなのだ、と彼は言うが、ぼんやりと霞んだ兵士たちの頭では、それが意味するところなど、無論、わかるわけがない。兵士たちの表情はピクリとも動かない、唇も顔面の筋肉も、砂で赤らんだまぶたですら、微動だにしない、これもまた訓練の賜物なのだ。ボナンとハダッドの銃を持つ手が緊張する。アタリは頭をピシリともたげる。最後列のウアベッサラムが左足の先っちょで小石をずらすと、その下からサソリが出てくる、ウアベッサラムの靴の踵の下の砂のくぼみに潜んでいたのだ。このサソリは吉兆だろうか、あるいは悪い報《しら》せだろうか、とジャコブは自問する……フランス、と思っただけで呼吸が早まってくる、本物のフランス、夢にまでみたその首都、どこにどの官庁があるのか全部知っている、歴代の王様も、シャンソンも、全部暗記している、見たこともないのに強烈な存在感のある国、そのフランスが、今、血肉を伴ったものとしてジャコブの前にいよいよその姿をあらわにしようとしているのだ。

＊第二次世界大戦時のフランスの陸軍部隊、のちの第一軍隊の結成当初の名称。ド・ゴール将軍率いる自由フランス軍と北アフリカのフランス軍の部隊を集めて一九四三年に組織された。陸軍所属の歩兵隊、機甲師団で、統帥はド・ラトル・ド・タシニ将軍。

一

ラシェルは八月の太陽から逃れるため壁伝いに歩きながらコンスタンティーヌの兵舎を目指している、息子の消息を尋ねるためだ。出征から二ヶ月も経つのに、なんだって帰ってこないのか、デュカンのとこの息子には帰省許可が下りたっていうのにさ。消息といえば、ハガキ一枚届いたきり、しかもその半分はマジックで黒塗りな上、住所も何も書かれておらず、ガブリエルがかろうじて読めたのは、

元気です　みんなのこと、案じてます
抱擁と口づけを、一人一人の名において
あなたの息子、あなたの弟、ジャコブより

という文面だけだった。こんなものが報せといえるかい？　一体、どこにいるんだ、ジャコブは。

受付の女性がファイルを繰る。トゥーグラの近辺にいらっしゃいますね。トゥーグラだって？　確かかね、マドモワゼル？　女性は強くうなずく、嘘つく理由などない、書類にトゥー

グラと書いてあるからトゥーグラと言うのだ。ラシェルは礼をいい、兵舎を後にする。トゥーグラ、トゥーグラ、とその町の名を呪文か祈りの文句のように頭の中で何度も唱えながら、小刻みな早足で靴修理屋へと向かう。扉をバーンと開けると、夫と息子に向かって、あたしゃね、ジャコブに会いに行くよ、トゥーグラにいるって聞いたんだ、と宣言する。その仁王立ちの決然たる剣幕に啞然《あぜん》とする二人。いや、やめといたほうがいい、とハイーム、トゥーグラ行きの道は険しい、とりわけ女にとっちゃあ。なに、この年の女に怖いものなどあるもんか、とラシェルは首を左右に振る。おいおい、ちょっと待て、と再びハイーム、もう少し辛抱すればそのうち奴も戻ってくるさ。覚えてるだろ、アルフレッドが戻ったのは三ヶ月後だったし、イサークだってそうだった、そうしたもんさ、軍隊ってのは……そう言って肩をすくめると、また仕事に戻り、踵に釘を見事なアーチ型になるよう順に打ち込んでいく。アブラハムは途方に暮れている。弟のジャコブは彼にはまるで異邦人、兄弟の中で自分から一番遠いどん尻のところで、トカゲの尻尾のようにまったく摑みどころがない。ずっと年下で、他の兄弟には似ても似つかない。奴は本物のフランス人みたいに喋るし、顔つきは優しげで陽気、体つきもすらりとしていて、俺たちがバカにするタイプの、例の女みたいな連中の仲間かとも見間違うが、いや、そうじゃないだろう、奴はやはり男だ、同じ父さんと母さんの血が流れているというのに、こうまで違うとは……顔かたちはもちろん、目つきも、そして声までもが、まるで兄弟とは思えないほど違うのだから。ああ、それにしても、さっきの母さんのような勇気が自分にもあったら、とアブラハムは思う、あたしゃね、ジャコブに会いに行くよ、と母さんが言った時、それは断言だった、普段のような父さんの許可待ちのセリフなんかじゃあなかった、なのにこの自分ときたら、この店を飛び出すなんて絶対無理だし、父さんがなんて顔するか、それがおっかなくて、母さんに付き添ってトゥーグラに行ってきます、とドアを押すことなんてできっこないんだ……。トゥーグラの街なら実はアブラハムは知らないこともない、二十年も前のこと、貧しい村人たちが手にした最初の靴を修理してやるために、ハイームと一緒に村から村へとまわっていたあの当時、そこに一泊したことがあるからだ、太陽と砂埃に呑み込まれたようなあの街の広場や黒い肌の裸足の子供たちのことなどをアブラハムはよく覚えている、あの時のガキたち、ニヤニヤしながらこっちを見つめ、時にみだらな仕草をしてみせてから急いで逃げて行きやがったよな、もうずいぶん昔の話、ジャコブの生まれる前の話だ……そのジャコブが今や兵士となり、けれどアブラハムはその日、母親を伴ってその弟に会いに行こうとはしないのだ。

　ラシェルは二十六番線通り十五番地の三階に戻ってくると、マドレーヌが四つん這いになって磨いている最中の床に、ペタペタと靴跡をつけて歩く。義娘《むすめ》よ、棚に入ってるものを全部、お出し、アニス入りパン*、モンテカオ**、セモリナのケーキ、それにもちろんパンと、クロッケ***と、ファルシもだ、それを全部、二つのカゴに入れておくれ、ジャコブに持って行くんだ。

マドレーヌは、目眩《めまい》を起こさぬようにゆるゆると床から立ち上がる。出産はもうすぐそこに迫っていて、マドレーヌの計算では、あと二週間か三週間で赤ん坊たちを押し出すことになるはず、胎内で母体から栄養をとって大きくなり、日中は静かだけれど夜になると暴れ出す赤ん坊たち、その動き方からして男の子に違いない、そうマドレーヌは踏んでいる。出産を間近に控え、立ち上がろうとして両腕で支えるその体の重たいことといったら、へその緒がお腹の中で引っ張られ、荷車か牛か石でも引きずっているよう、だがこれもジャコブのため、と思って気合いを入れる、日々の数え切れない仕事がさらに増やされたからといって、マドレーヌがジャコブに腹を立てるなど論外、それどころか、食べ物を包んでカゴに詰めながら、ジャコブのために声なき祈りを唱え、その身に加護あれと願うのだ……家族一、心優しいあの子がサリム・ハラリ*やシェイク・レイモン**の歌を口ずさみながら階段を駆け下りれば、扉という扉が開き、誰もが目を見張り、誰もが祝福せずにはいられないのさ……。フランス語であってもアラビア語であっても、ジャコブの歌声は人の心を震わせる、エディット・ピアフの歌なら全部、知っているし、英語でだって歌える、すると誰もが思うのだ、まるでアメリカ人みたいだ、と。モーリスとマチルド（というよりは通称のマルジュフとマイッサでとおっている夫婦）の娘リュセットも、もちろんそう思っている一人、ジャコブを目にする機会を決して逃さず、蝶を捕まえようとする人たちと同じ注意深さで、その姿を追うリュセット、利口なリュセットは、彼の歌声をこっそり聞くためならどんな機転でも利《き》かせる、よそ見をしているような何食わぬ顔で、そちらに視線を向けぬようにして、けれど体だけはジャコブの方に傾けてその歌声に耳を澄ますのだ。ジャコブの出征前日には、テラスの下を通り過ぎていくジャコブをもっとよく見ようと身を乗り出しすぎて、危うくテラスから落っこちそうになるほどだった、ああ、いなくなっ

*（59頁）北アフリカのユダヤ人コミュニティ発祥とされるアニス入りの甘いパン。輪っか型をしているため、「アニスの王冠」と呼ばれる。

**（59頁）小麦粉、バター、レモン、オレンジ花水、シナモンなどで作る小型の丸い焼き菓子。アンダルシア発祥、トルコ人によって北アフリカ、マグレブ諸国にもたらされたといわれている。

***（59頁）小麦粉、砂糖、油脂、イースト、卵で作る固い焼き菓子。安上がりな庶民のおやつ。お茶やコーヒーに浸して食べることも。イタリアのビスコッティに似ている。

*アルジェリア出身のポップシンガー（一九二〇〜二〇〇五年）。一九三四年に渡仏、パリのキャバレーなどで成功し、ムスリム、ユダヤ両コミュニティで人気があった。

**ユダヤ系アルジェリア人の歌手・ウード奏者。マルーフ音楽（東部アルジェリアに伝わるアンダルシア音楽）を得意とし、ムスリム、ユダヤ人双方に人気のある国民的スター。

たら本当に寂しくなっちゃうよぉ……そう、ジャコブがいなくなって寂しいのは自分だけじゃない、誰も彼もが寂しいんだ、とマドレーヌは思っている。ガブリエルは以前にも増して陰気で、眠っている最中ですら強く握った拳を緩めようとしない、ファニーはジャコブの名前をよく紙に書きつけている、太く書いたり細く書いたり、真剣そのものだけれど、最初の大文字のJがなかなか思うように書けないでいる、そしてカミーユは夜中にジャコブを探すのだ……パッと跳ね起き、迷いのない足どりでジャコブのマットレスが置かれていた場所まで歩いていって、むき出しのタイルの床を大きな驚きの目で見つめる、どうしてみんなの前から、このお家から、いなくなっちゃったの、どうして……。マドレーヌはカミーユを再び寝かしつけようとするが、カミーユは動こうとしない、小さな人差し指でジャコブがいるはずの、なのに今は無人のその場所を指差し、彼女だけの秘密の言葉でわけのわからないことを口走る……それは夢遊病者の言葉、夜にしか音にならない言葉、文字にできない言葉、柔らかな音と耳障りな音、疑問文や断言文が入り混じり、どんな文法も語源辞典もお手上げの言葉。

ふきんでモンテカオを包みながら、マドレーヌはラシェルの行動力を羨ましく思っている、これから息子に会いに行くラシェルを、誰一人、あのハイームでさえ、止めることができない……ハイームといえば、昨日、魚が包んであった新聞紙に顔写真が載っていたあのヨシフ・スターリンって人にそういやあの人、よく似てるよ……ハイームやアブラハムにガブリエルが殴られるとき、ああせめて、ラシェルみたいな強さであたしも立ち向かうことができたらいいのに……そう思ったところで声がかかる、カゴの用意はできたかい、マドレーヌ？

ラシェルは白と水色のペチコートを重ね穿《ば》きし、袖を整え、ジャコブの出征以来、ヘナ染めをやめてしまった髪にスカーフを巻く、引き出しに宝石をしまい、代わりにそこから現金を取り出すと、マドレーヌに別れの接吻をする。マドレーヌがドアの敷居に撒いた水の脇を通り、一旦外に出てから再びアパートの中に戻り、また外に出る、この儀式を飛ばすわけにはいかない、これをしておけば、無事に発ち、無事に戻ることができるのだし、誰かの「悪い目」*の力を借りて人に乗り移ってやろうと隙をうかがっている悪霊を追い返すことができるからだ。いい歳をして恥かきっ子ジャコブを生んだ自分に向けられる妬みの目があることがラシェルにはわかっている、だからなおのこと、自分とジャコブを守れる術があるならば、それがなんだろうがきっちりやっておかねばならないのだ。

＊恨みや嫉妬の目を向けた相手に不幸が訪れるという迷信。古くは旧約聖書時代から、中世ヨーロッパまで、広く伝わる民間信仰。日本へは南方熊楠により「邪視」という訳語で紹介されたとされる。英語では evil eye。

一

ブレッシュ広場でラシェルは駅行きの馬車に乗り、駅に着いたらトゥーグラ行きの切符を買う。汽車の中では、子供たちをあったためてやるかのように二つのカゴをぎゅっと抱き寄せている。もちろん子供といったって、本当の小さな子供のこと、自分の背丈を頭いくつ分も越し、低い声で話し、大きな手をして重たい足音を響かせる大人の男のことじゃない。その世話のことなら何もかも知り尽くしているか弱い新生児のことだ。乳をやり、オムツを替え、産着でくるみ、体にオリーブオイルを塗ってマッサージをしてやる、どの子にもしてやったこと、アブラハムにもイサークにもアルフレッドにもジャコブにも、そしてもう一人のジャコブにも……。

「1920年―1923年」――駅を見下ろすユダヤ人墓地の中に子供用の区画があり、そこに並ぶ墓石はどれも揺りかごを思わせるのだけれど、その一つに、生まれた年と亡くなった年に挟まれる形で、最初のジャコブの人生が刻まれている。信じられないくらいに穏やかな赤ん坊だったけれど、とても食が細く、その大きく見開いた目であまりにじっと人を見つめるものだから、見つめられた方が時に、居心地が悪くなるほどだった。ある朝、そのジャコブが大泣きしながら目を覚まし、何をしても泣き止まない。飲むものも食べるものも受け付けず、ラシェルの腕の中でバタバタもがくのだが、その恐怖にひきつる表情にラシェルの身もこわばった。砂糖とそら豆を赤ん坊のベッドの下に置き、小さな胸に湿布を貼り、あっためたミルクとハチミツを飲ませようとし、ラベンダーの種を小鉢の中で焦がしてみたりもしたが埒《らち》があかず、診療所に駆け込み、ついには病院に走ったのだった。ラシェルの両腕のくぼみに抱かれた赤ん坊は、ぶるぶると震え、燃えるように熱かった、そしてあれほど物知りの医者たちもそんなジャコブを助けることはできなかった。小さな小さな棺《ひつぎ》を前に、近所の女がラシェルに言った、天使だったんだよ、だから神様がご自分のお側にお召しになったんだ。だがラシェルは運命、ここの言葉でメクトゥーブ（あらかじめ書かれていること）と呼ばれるものに屈服するつもりはなく、だから二年後、予期せぬ、ほとんど恥さらしの妊娠で授かった子供を、再びジャコブと名付けることにしたのだった。乳房が張ってきて、自分が身ごもっていることを知った時、ラシェルの髪はすでに白く、四十女のしわもお目見えしていた、だから大きめのペチコートでお腹を目立たなくしてできるだけ長く妊娠を隠そうとした、でなければハイームとまだあのことをやってんだねと陰口たたかれるに決まっているからだ。本当は女の子が欲しかったのだ、女の子なら間違いなく自分を看取ってくれるだろうから、だがどうやら自分は男の子しか宿さない定めだったらしい……ラシェルの唇がボソボソと動く、アラビア語で祈りを唱え、息子たちの上に恵みを、と念じているのだ。

友達言葉と丁寧語を脈絡なく混ぜながら、半分フランス語、半分アラビア語で話す上に、中尉に向かって「ちょっと、そこの兄さん」と呼びかけるような女にまともに取り合ってくれるような者はトゥーグラの兵舎にはいない、だがそんな突飛な呼びかけに中尉は自分のコルシカの祖母をふと思い出し、少しばかり心を動かされて足を止めると、女の話に耳を貸す……家族を、つまり息子をね、探しに来たんです、狙撃兵、ジャコブ・メルキ、とても綺麗な声の持ち主で髪は栗色、頭の左側に傷跡がありますけど、それは一歳半の時、テーブルの角に頭をぶつけたせいで、いい子なんだがもちろん元気いっぱいでね、手をこうやってバタバタさせながら踊ってたらバランスを崩しちまって、そうしてぶつけちまってね、たくさん血が出て、頭かららそれはもうたくさん、それでもってあたしはこう腕に抱えて、診療所まで一目散に息もつがずに駆けたもんですわ、それが今じゃフランス軍の兵士だってんだから、あんた、で、あたしの息子がどこにいるか知らないかね？　中尉はラシェルにジャコブの応召日を尋ねる。応召、という言葉が、だがラシェルにはわからない、つまり、あなたの息子さんが軍隊に入った日はいつですか、とお尋ねしているのです、と中尉。家を出たのは六月二十二日、朝の九時だったね、それ以来、一度も会ってないんですよ、もう心配で心配で……。中尉は、この女性の息子はすでに南仏上陸間近なはずだと思ったが、とりあえずそのことは口に出さない、息子がどこかにいて、会おうと思えば会えるとわかれば、この人も嬉しいだろう、海の向こう側で、その残酷さにかけては人後に落ちぬと知られる敵のドイツ軍に対峙しているのではなく、少なくともまだ数日の間はほんの近くに息子がいると信じていられれば……中尉はそう思いながら兵器庫の明細表を真顔でパラパラとめくってみせ、そして言う、はい、ジャコブ・メルキ、確かにオマール兵舎におります。

オマール兵舎、ジャコブの高校の名前もそういえばオマールだったね、さてはこれは良い報せだ、ジャコブのことはオマール公*がお守りくださるだろう、とラシェルは思う。その高校でジャコブはいつも成績優秀、トップ数人の生徒の一人だった……一九四一年、アルジェリアのユダヤ人からフランス市民権が剥奪《はくだつ》されて再び原住民ランクに落とされたことを受け、二年間、学校に行けなかったにもかかわらず、ジャコブは朗読で一等賞、作文で二等賞をもらったほどだった。その一九四一年、ジャコブを含む生徒数人が校長室に呼ばれた。いずれも疑いの

*ルイ・フィリップ王（一七七三～一八五〇年）の五番目の息子、アンリ・ドルレアン（一八二二～一八九七年）。十六歳でフランス軍入隊、三年後にアルジェリアへ第一回目の出征。一八四七年、植民地アルジェリアのブガールで知事となるが、翌年、フランスでの二月革命でルイ・フィリップ王の七月王政が倒れたために、帰国、英国へ亡命した。

余地なく非フランス的な響きの名を持つ生徒ばかりだ。大変残念なことに、と校長は切り出した、上からの命令により、ユダヤ人生徒は今後、当校への通学ができないことになりました。ジャコブは、まるで背中に角が生えた人でも見るような目で校長先生の顔を見つめ、そして顔をうつむけてボソボソとつぶやいた、でも、じゃあ一体どうやって勉強をすればいいんでしょうか……校長は窓の近くにかかっていたペタン将軍の肖像画に横目を向けながら肩をすくめるばかりだった。その晩、ジャコブ一家のアパートのドアをノックしたのは、英語教師のアッダ先生。ラシェルは家族がひしめき合っているこんな狭苦しいところに先生を迎えるということにひどく困惑し、マドレーヌと子供たちを慌てて寝室に追いやったが、アッダ先生はそんなことにはまるで気づかぬというふりをして、役場の宴会場にでもいるかのように悠々と椅子に腰掛け、口を開いた……この政令は実におぞましいものです。そこにいた全員が、そうだぞうだと首を縦に勢いよく振ったが、その実、誰もその意味するところはわかっていなかった、しかしこれほどきっぱりと放たれた断言口調の言葉にすっかり萎縮して、ともかく賛成するほかなかったのだ。我々とて同様です、我々もリセから追い出されたのです、生徒だろうが教師だろうが、ユダヤ人はお断り、と、そういうことなのです、というわけで我々の手で引き続き子供たちに授業をしようと決めたのです、場所は私の自宅、いいか、君、毎朝九時からだ……先生はジャコブの顔を見て言った……ユダヤ人は何より教育に重きを置いてるんだってことを奴らに証明してやろうじゃないか、な。こうして始まったアッダ先生宅での授業、毎日数時間、先生のアパートの食堂に仲間たちと詰め込まれたジャコブは床の絨毯《じゆうたん》の模様に目を奪われたりしつつも、こうして高校二年の課程を無事修了、その翌年、アメリカ軍のノルマンディ上陸の後、再び学校に戻ってみれば、英語では一番の成績を収めたのだった……そうさ、あの子は英語で歌えるだけじゃないんだ、英語を話すことだってできるんだよ、出世間違いないさ、ジャコブ、あたしの自慢の息子、ジャコブ、最愛のジャコブ、今いるところ、オマールの兵舎でも、神様がきっと守ってくださってるはずだ、もうフランスから見捨てられるようなことは二度とないさ、学校から追ん出されたことをあの子はずいぶん恥じていたけど、今じゃフランス軍の制服着てんだ、フランス人の資格が十分にあるって認められたってことじゃないか、恥じる必要なんかあるもんか。勇気づけられたラシェルは、コンスタンティーヌに電報を打ってもらえないかと中尉に頼む、すぐには帰らない、ジャコブを抱きしめるまでは帰らない、そう書き送ってもらえませんかね。住所は二十六番線通り十五番地、家長の名はハイーム・メルキ、それだけ書き留めると、中尉はラシェルに握手をし、ラシェルはトゥーグラの駅に引き返す、だが、遅すぎた、最終の汽車はもう発ってしまったと言われる。さて、見知らぬ街に一人きり、けれど、どこかに宿をとるなどということは思いもよらない、宿屋は放蕩者やぺてん師の巣窟と聞いているからだ……ラシェルは通りすがりの八百屋にこの街のシナゴーグはどこにあるのか、と尋ねてみる。あんたヤフード*かい、と八百屋はアラビア語で尋ね返す。そうだけど、で、あんたは？　とラシェル。八百屋は太陽が沈んだ方角の地平線に目を向け、大昔のこったね、じいさんばあさんの、そのまたじいさんばあさん、いやもっと昔だが、ユダヤ人だったさ、ときにお前さんは旦那も連れずにここで何してんだ？　息子を探してんだよ、兵士なんだ、ここにいたんだけど、別のところに移っちまってね、明日の電車で会いに行くのさ。ならうちに来な、姐さん。ラシェルは言われるまま、ただその見知らぬ男にスタスタとついていく、男のあばら家に入ると床はむき出しの土、ムシロに座った細君が二歳くらいの子供に乳をやっている。男が妻にラシェルを連れてきた訳を話すと、女はラシェルの方を向いて何度もうなずく、その口元はにっこりさせているが、目は笑っていない。次いで男は、レンズ豆をより分けている小さな男の子に、客人のために水差しとたらい、それに果物とアニスのビスケットを持ってこいと言いつける、あとは誰も口をきかない、日暮れの薄暗がりの中では言葉など無用の長物なのだ。この人たちは天使だよ、とラシェルは思う、あたしが安心して休めるようにと神様がよこしてくだすったんだ、天使はしゃべらないってのはよく知られたことじゃないか……。男の子は母親にぴったりとくっついたまま、二つの黒い瞳でラシェルをじっとうかがっている。ガブリエルと歳の頃は同じ、けれどその顔に怒りのたぎる気配はない……ラシェルの到着からわずかな時間で日が沈んであたりがすっかり暗くなると、息子と父親は一緒に床にムシロを敷いて祈禱《きとう》を始めるが、ラシェルには何を言っているのかよく理解できない。彼らに倣《なら》って取るものも取り敢えず、そのままの格好で床に身を投げ出し、ラシェルもまた、祈り始める、神様、子供たちをお守りください、ジャコブにお守りを、まだたった十九なんです、どうか明日、ジャコブに会えますように、会ってひたいに口づけしてやれますように……そうしてラシェルはそのまま寝入ってしまう……明け方、目を覚まし、彼らに別れを告げざま、札びらを一枚渡そうとするが、拒絶される。ラシェルなりに気を使い、これ、子供たちのために、子供たちに着るものでも履くものでも買っておやり、と言って渡したのに男の顔は無表情のまま……ああ、侮辱しちまった、とラシェルはほぞを噛む。ラシェルは男と、細君と、子供たち、そしてさらにその先に生まれ出ずる子孫たちすべてに幸あれ、誰もが健康で、良縁に恵まれ、正直に稼ぐ人であれ、と祝福の言葉を唱えたあと、駅に向かい、そこで二枚目の切符を買う、まずはトゥーグラからビスクラへと砂漠を横切って北の方角へ、ひどく空腹だけれど、ジャコブの食糧には決して手をつけず、電車が停まると駅の水飲み場で水を飲み、小銭を払ってアラブ商人から焼き菓子や凝乳*を買う。ラシェルにとって、これは人生で初めての一人旅、その上、読み書きもできないのだから、目的地にたどり着けなかったりするのではと恐れたっておかしくないはずだ……だがこの大冒険の果てにはきっと息子に会えるのだと

* (69頁)「ユダヤ人」という意味のアラビア語。

*牛乳や山羊などの乳から発酵作用でできる凝固物のことでナチュラルチーズの原料になる。カッテージチーズもその一種。凝乳の断片（カードチーズ）を北アフリカやコルシカ島などではそのまま食べる。

いう確信のおかげで、ラシェルには自分でも驚くほどの力がみなぎるのだ……ビスクラからさらにムシラへと旅は続く、唯一の心配は衛生面だ、何しろ客車の蒸し暑さといったらハマム風呂*以上、鼻を刺す体臭が立ち込める車内で、ラシェルは人目に触れぬように脇の下や太ももの内側を拭いてはみるものの、ちゃんとした洗浄には程遠い……息子に再会する時には清潔でありたい、息子を両腕に抱きしめる時には小ざっぱりとしていたい、息子に恥じることのない母親でありたい、ジャコブの出征以来、自分の白髪を増えるに任せてきてしまったことについてラシェルは苦々しく後悔しているけれど詮《せん》ないこと、ジャコブにはありのままの自分を、老いて、心配で張り裂けそうで、情愛であふれんばかりでいるこの姿を見せるしかない……汽車はムシラからさらにオマールへと進んでいく、もう少しでジャコブに会えると思うと顔がひとりでにほころんでくるのだが、その微笑みが自分に向けられたものと勘違いした向かいの席の農夫は自分の方はしかめっ面を崩すことなく、いやはや、こんな年いった女がどうしたってまた男に愛想を振りまこうとするのかね、と自問している、何考えてんのかね、まさか俺が追っかけていくとでも？　金もらったってお近づきにゃあなりたかねえよ……。汽車は速度を落とし始め、ラシェルは人を押しのけて出口へと急ぐ、まだ走行中だというのに、誰かがもうドアを開けていた、そう、誰も彼もが降り損ねては大変、と気が急いているのだ。焦げ臭い砂煙混じりの空気が車両に流れ込み、ラシェルは思わず目をつむってよろめく、誰かが足を踏むが、倒れまいと踏ん張る、家畜の群れの中の一匹みたいには決してなるもんか、と姿勢を正

し、若い娘のような足取りで駅前に停まっている馬車へと進む……オマール兵舎にやってお
くれ、自分のものとは思えぬような声で、ラシェルは御者に告げるのだった。

オマールの兵舎にはフランス人とアメリカ人が混在しており、二つの言葉がてんでに飛び交う中、通訳の助けで時々、話が通じ合っているような塩梅《あんばい》。そこへ汗でネッカチーフをぐっしょり湿らせた女がやってくるのを衛兵が見とめる……手には大切な宝物のようにして握りしめたカゴ。あの、息子に会いに来ましたんです、名はジャコブ・メルキといって……。どちらの連隊で？　ラシェルは答えられない、息子はもう二ヶ月も前にコンスタンティーヌを出たきり一度も家に戻ってないんです、変ですよね？　で、トゥーグラの中尉さんが、息子はオマールにいるって言いなさったんで、ここだろ、オマールは？　衛兵はひどく疲れており、台所当番が始まる前に小一時間、休みたくて早く交代員が来ないものかとイライラしている……

一

＊ローマ浴場に起源を持ち、オスマン・トルコ時代に発展した公衆浴場。浴槽はなく、温度差のある蒸気で満たされた部屋で入浴する。心身を浄めるだけでなく、社交、おしゃべりの場としてイスラム文化圏で大きな役割を担ってきた。

ラシェルにともかくそこで待つよう言い渡すが、椅子の一つ、水の一杯、勧めるわけでもない。ラシェルは二つのカゴを地面に置き、額の汗をぬぐう、もうすぐジャコブに会えるんだと思えばこそ、まだなんとか立ったままでいられる。尖った哨舎《しょうしゃ》の影が地面に長く伸び、歩道の端まで届いたところに腐ったリンゴの芯が転がっている……ようやく交代員がやって来たので、先ほどの衛兵がその赤毛の兵士にラシェルを託す……緑色の目、か弱そうな肌色をしたその兵士は、おそらくは太陽よりは日陰、武器よりは本、軍人よりは女や子供の方が好きな人間だろう、ラシェルに入営を許可し、新兵担当事務所への道順をゆっくりと説明する。その甲斐もなくラシェルは何度も間違え迷子になるが、その度に勇気を奮いおこし、道を尋ねる。一つめの角を右ですよ、マダム。廊下の突き当たりです。その先、左側、最後のガラス戸です……。ようやくたどり着いたその事務所では、眼鏡をかけた兵士が、ラシェルの陳情をろくに聞きもせず、階下の二十八番オフィスへと追い戻す、えっと、右、いや、ここを左かい？　ああジャコブや、お前に神のお恵みを、そう言い終わらぬうちに、ラシェルの鼻先でバタンとドアが閉められる。新兵から士官まで、誰もが忙しく、バタバタ行き来している、どこに行けばいいかわからずオロオロするばかりの六十女にかまけている暇などないのだ、ちょっと、マダム、そんなところに突っ立ってないでくださいよ、邪魔ですったら……。いくら兵舎だからって、この慌ただしさはさすがに普通じゃない、とラシェルは直感する、周りを飛び交う言葉の断片、会話や報告の切れ端をかき集め、意味はわからぬまま、ただ聞いている、そんなラシェルを唐突に哀れに思った秘書が、ラシェルに語りかける、マダム、そのですね、息子さんはしばらく前にもうここをお発ちになってるんです、我が軍と共に間もなくプロヴァンスに上陸することになってまして、もしご希望でしたら………

………ラシェルにはもう何も聞こえない、手のカゴをどさりと落とし、壁にもたれかかる、アゴがガクガクと震えるのをどうすることもできない。マダム、どうかお泣きにならないで、と秘書、息子さんを誇りに思っていいんですよ、そうです、誇りに思っていいんですよ、この戦争は勝つんですから、イタリア戦線だって成功をおさめました、息子さんは祖国のために戦うんです………。ラシェルは足元から地の底に吸い込まれそうになるのをなんとかこらえ、秘書の方にその淡い色の目を向けてカゴを差し出す、マドモワゼル、どうかこれを、これを兵士さんたちにあげておくれ、ね、お嬢さん、ラッピ・アイシェック（神に感謝）、せめて誰かが喜んでくれれば………。

一

アルジェの兵舎を発つ前、ジャコブは仲間たちと一緒に張りぼての「ノルマンディ号」の前で記念写真を撮ってもらった。

フランス軍万歳！
僕の兵隊仲間たち、左から順にウアベッサラム、アタリ、ボナン、どれが僕かはわかりますよね、さほど変わっていないでしょう。
抱擁と口づけを、一人一人の名において
あなたの息子、あなたの弟、ジャコブより

写真の裏に、そうなぐり書きをしてジャコブはそれを両親宛に送った。
ウアベッサラムは真面目で陰気な面持ち、右手で船の作り物の手すりにつかまり、左手はアタリの肩の上、そのアタリは右手にタバコを持ち、左手はジャコブの肩の上、そしてジャコブは手すりの上で両腕を組み、やはり手にはタバコを持っている、その体はゆったりとくつろぎ、落ち着いて見える、ジャコブの左隣のボナンはちょっと心配そうな顔をして、どう贔屓目《ひいきめ》に見ても戦士というには程遠い、他の仲間たちの表情は横柄な男らしさを帯びているのに、ボナンは軍服姿もぎこちない、着せ替え人形のようにお仕着せの軍服を着せ、出港直前に『ラ・マルセイエーズ』を歌わせて十八やそこらの子供達を戦争に送り出すことの愚を、そんなボナンの姿は奇しくも露呈しているかのようだ。ハダッドはこの写真には写っていない、縁起が悪いという理由で撮影を断ったからだ。

朝早くイサークの車にすし詰めになって出発し、フィリップヴィル*でのたっぷりすぎるピクニックからようやく解放されて皆で戻ってくる頃にはもう日が暮れている、そんなふうに過ごしたその年の夏の日々のことを彼らはヴァカンスと呼ぶのだった。ラシェルは海岸でもずっと服を着たままで、水着姿の女性たちに非難の目を向ける一方、子供たちが夢中になって波に身を任せている様子には目を細めていた、アブラハムでさえその数日は嬉しそうにしていた。彼らの前に開ける海は青くて温かく、もう一つの海、戦艦の群れを折り目の間に埋め込んだ黒いテーブルクロスを思わせるあの海とは、似ても似つかない……

……太陽が沈むと、薄いグレーの戦艦は、ほとんど黒に近いダークグレーになる。光がなければ色はない……昔、科学の先生が口にしたその言葉を、今、自分がちゃんと覚えていることにジャコブは驚く。アタリはちょうど嘔吐したばかり、もうこれで三回目だ、ウアベッサラムは出航以来、一度も口をきかず、ハダッドはいなくなってしまった、アルジェの港を出た時に甲板から海に飛び込んだのを見たと思う、と誰かが言っていた、一方ボナンは口笛を吹き、とうとうフランスに帰るんだ、ドイツ野郎どもに俺たちの力を見せてやるんだとうそぶいてぺっと唾を吐いてみせるけれど、その言葉も、そして唾も、あのボナンの口から放たれたものとは信じがたい、何しろあんなにおとなしい人間だったのだ、それが「戦艦グロワール《栄光》号」へ乗船するとどうだろう、弱虫ボナンの、今やなんと勇ましいこと。

周りでは数隻の船の影がゆっくりと旋回している。ジェノバの方角へ進むのだろうという敵の予想の裏をかき、彼らはプロヴァンスへ奇襲上陸することになっている。自分に恐怖の気持ちがあるのかないのか、ジャコブにはわからない、ともかくも兵士という身分になったジャコブだが、この兵士という言葉は、それまでとは違う動き方、装い方、食べ方、眠り方、それに体や力の使い方を意味する、そしてそれはじきに、殺すこと、あるいは殺されることをも意味するようになるはずだ。

出航前（といってもジャコブたちはその時点では自分たちが出航するということも知らなかったのだが）、司令官が兵士たちに外出許可をくれた時、アルジェの店のウインドーに映った自分の兵士姿に、ジャコブは悪くないな、と思ったものだった。オペラ座前のブレッソン広場では女の子たちが彼らの方に何気なく近寄ってきて、こちらはみんなで気づかぬふりをしたけれど、しばらくして振り向くと、女の子たちは笑いを必死にこらえながら自分たちをまだずっと見て

＊現在スキクダと呼ばれるアルジェリアの町（スキクダ県の県都）の植民地時代の名称。コンスタンティーヌの北東六十五キロに位置し、地中海に面した町で、アルジェ、オランに続くアルジェリア第三の港湾都市。

いる、そんな女の子たちにウインクをしてやりながら、彼らは街の王様気分だった、西部劇『地獄への逆襲』のカウボーイと同じくらい陰鬱で不敵の男になった気分だった。そうかと思えば、レモネードスタンドの親父は彼らに飲み物をタダでサービスしてくれた上に、アニス酒を飲んでいけと言う、フランス軍の兵士には息抜きだって必要だぞ、コップ一杯の酒は決して害になるどころか、その反対なのだから、と言って譲らないのだが、そんな経験もジャコブには楽しかった。音楽ガゼボの舞台では全身白ずくめ、眼鏡をかけた小柄な男がカノチエ帽を動かしながら流行りのシャンソンを歌っていた。一方、骨ばった体つきの青年がヤシの木にもたれかかり、ジャコブをじっと見つめている………先ほどの女の子たちよりさらに率直な欲望をむき出しにしたその視線にジャコブはどきりとして数秒間、身動きできなかった………やっと歌手の方に向き直って一緒に歌を口ずさんではみたものの、若者の視線はジャコブの首や腰に刻印でも残そうとするかのように注がれたまま………それにしても、人はこういうこと、つまり誰かに見られているということを、たとえそれが後ろからでも、一体どうして感じとることができるのか、ジャコブはわけがわからないでいた。

夜の甲板に仰向けになり、外出許可が下りたあの日のことをジャコブは思い出そうと努めてみる………猛烈な暑さと、渇きを癒すアニス酒の爽やかな喉ごし、賑やかな人の群れ、それにあの青年の神秘的な顔立ち………けれどジャコブは感覚が麻痺してしまったような状態で、

一

色々考えようとしても、くぐもったエンジン音に邪魔されて頭がなんだかうまく働かない。その夜の海は、陸より人口密度が高いのではと思わせるほど、千隻をも超える船、ということは数万もの人間が一斉に進んでいることになる、そう思うと、ジャコブは自分が広大無辺に浮かぶひとかけらの砂粒になってしまったような気持ちになって頭がくらくらしてくる……全能であると同時に限りなく無力な自分。アルジェの街のあの女の子たちの誰かを抱きしめたらどんなだろう、その子の唇が自分の肌に触れたらどんなだろう、その腕が自分に絡まったらどんなだろう、とジャコブは全能な自分のイメージを膨らませてみる……リュセットでもいいかな、いや、違う、リュセットじゃダメだ、大昔から知ってて妹みたいな存在だもの、でも自分が出征したあの日、リュセットの顔は小刻みに震えていたし、そのせいでしゃべり方もぎこちなかった、だから彼女の気持ちはそういうことなのだろうけれど……。バカロレア試験が終わった後、父親が、これで女のところにでも行ってこい、と札びらを一枚ジャコブに手渡したが、結局そのお金でジャコブは友達と「シェ・アレックス」のバーに行っただけだった、なぜならそんなことは不可能だったから、見知らぬ女のところに行って、その女の前で裸になって抱かれるなんていやだったし、信じ難い頻度で甘い痛みが燃え上がる自分の下腹部のあの箇所を、そんな女に触られるのもいやだった、いや、本当は、そうしたかったのか、それともやはりそんなことはゾッとするものなのか、ジャコブにはわからなかった。夜中に隣のシーツの下の動きに気づくことはよくあり、アブラハムとマドレーヌはなるべく音を立てないようにはしていたけれど、押し殺したうめき声は聞こえてくる、そんな時、ジャコブはそちらに背を向けて、九九のすべての段を下から上に、あるいは逆向きに唱え続けたものだったけれど、それでも時折、息を潜めた喘ぎとか肉の擦れ合う音に思わず聞き耳を立てるようなこともあった……そこで何が起きているのか、わかっているような、わかっていないような曖昧な年月を経て、ついにある日、澄み渡る空のようにすっかりわかってしまった、禁忌の向こう側にある男と女の秘め事、それを巡って女たちはひそひそ話、男たちはスケベ笑い、そして酒のグラスには無数の虚ろな眼《まなこ》が注がれる、そんな男女の交わりについて……ジャコブは声に出さずにつぶやく、あと三時間で到着か、あぁ、また眠れない夜だった……女の人とまだ一度も寝たことがないっていうのに、そんな僕が、じきに、戦争ってものを体験するんだよな……。

その「戦争」はプロヴァンスの紺碧の海岸への轟々《ごうごう》とした爆撃で幕開けだ……ヒューヒューと空気を裂くような音、爆発の連鎖、耳をつんざくばかりの喧騒、大砲と戦闘機がドイツ軍の砲兵隊を激しく攻撃し、夜明けとともに少しずつ姿を現す風景が噴煙にのみ込まれる中、若い兵士たちはなんども押し寄せるショックに打ち震え、縮みあがり、胸が締め付けられる……司令官の叫び声が口伝えで繰り返される……あと三十分、あと十五分、あと十分、装塡せよ、銃弾を確認せよ、二列縦隊でタラップより上陸だぞ、鼓膜が破れぬように耳栓がわりの綿《わた》が兵士たちにあてがわれる……互いの間隔をきっちり詰め、起立姿勢で船舶前方に待機しながら、彼らはこれから悪さでも働こうとしている子供同士みたいに視線を交わすのだ、その悪さが招く結果なぞ知ったこっちゃない、そんな目配せの連鎖が、ひらひら飛び交う蝶のように彼らの顔を埋め尽くす、若い髭が青々と剃り上げられた顔、ニキビやかすり傷、開いた毛穴でいっぱいの顔、柔らかく初々しい薄桃色の肌に覆われた顔……大丈夫だよ、俺たちみんな一緒だ、これからもずっと一緒だ、死ぬのは奴ら、ドイツ野郎たち、俺たちじゃない、俺たちは絶対生き残るんだ。兵士たちは覚悟を決め、そのしびれた足を早く動かして「グロワール号」から飛び出したくてうずうずしているのにもう予定を十分以上、超過した。待ちきれずに、兵士たちは足を踏み鳴らし、先の大戦争を戦った退役兵で今は料理人をしている男が隅っこで小声で口ずさんでいた歌を一斉に歌い出す、対岸の松林を爆撃する轟音に、彼らの低い声をそっと交えながら、こんなふうに歌うのだ。

我らアフリカの民
遠くからやってきた
植民地からやってきた
祖国を救うために
親兄弟も、粗末な家も
何もかも後ろに置いて

胸には不死身の炎
我がフランス全土にはためく美しい旗を
高く、誇らしく掲げるために
そこに敵が指一本でも触れようものなら
その足元で朽ち果てんと駆けつけよう
我らの愛を讃える鼓を打ち鳴らし
故郷のため、祖国のため、遠く彼方で朽ちるのだ
我らアフリカの民

兵士たちは歌い続ける、ついに、上陸！　の号令がかかるまで……上陸！　上陸！　兵士たちも声を重ね、高らかな叫びのうねりをとどろかせながら一斉に駆け出していく。

カヴァレール*ではもくもくと立ち込める砂塵の裂け目からターコイズ色とエメラルド色の海水が互いの美しさを競い合い、その先に赤土の岩壁が忽然とそびえ立っていて、稜線《りようせん》に松の木が並ぶさまはほとんどアルジェリアと見紛うほど、いや、そこがアルジェリアではないことは何とはなしに感じ取れるのだが、ジャコブには、その理由がはっきりとはわからない、光なのか、岩の色なのか、その大きさなのか、あるいは、ここは紛れもなくフランスなのだ、と知

っているせいなのか……理由がなんであれ、そこは確かにフランス、そう思うとジャコブは感激で胸がいっぱいになるが、そんな夢想へといざなう眼前の景色にゆっくりと耽《ふけ》る間もなく、次の瞬間には背中の荷物の重さも忘れ、銃を濡らさぬようにしてタラップを駆け降りねばならない、岸に着く前の数メートルは生暖かい海水の中を進むので制服が重たくなる、数十人、いや数百人の兵士たちは、次いで柔らかな砂浜を駆け抜けていく、聞こえるのは東方からの砲弾の音、そして、進め、という司令官の叫び声、そうして、命令の声が人から人へと広がるうちに皆の中にみなぎってくる未曽有の力、数百人が一体となり、もう何も考えずに突き進む、徒歩で九キロなどなんでもない、駆けろ、と司令官が叫ぶ、すると、もはや一番を狙ってのかけっこだ、プロヴァンスの太陽のもと、爆弾の音に怯えてコオロギたちは鳴き止み、動物も虫たちも、一斉に身動きできなくなる、なぜなら、こんなふうに大地が揺れ動くということを警告してくれるいかなる予兆もなければ、地中深くの振動もなかったのだから。

　ラマチュエル、サントロペ、十八キロメートルなどと書かれた標識や、石造りの家々、紅い瓦屋根、松やオリーブの木、ラベンダー畑を大慌てで横切るウサギの姿などがジャコブの網膜

＊南仏地中海沿岸の町。第二次世界大戦で南仏の連合軍上陸作戦の拠点となった。一九四四年八月十五日、米軍歩兵隊三隊と仏軍機甲師団がここから上陸した。

に次々と刻まれる、あのウサギは、もしや自分の巣穴を見つけられなくなってしまったのか、あるいは、好奇心にかられ、勇敢にも我らアルジェリア歩兵隊第三師団の行軍に参加するつもりだったのか……そんなことをジャコブは淡々と考えている、とりあえず、僕たちの第三師団は上陸後、すぐに戦闘にかかるのではなく、司令部の計画に従い、ヴァール県の県庁所在地トゥーロン解放の襲撃に参戦するためにガッサンの町に召集されるわけだな……MAS36小銃を固く胸に抱きかかえ、ジャコブははやる呼吸を静めようとする。無線がパチパチと雑音を立てているそこの基地にB軍隊への糧食はまだ届いていなかったため、兵士たちがかろうじて口にできるのは生ぬるい水とビスケット数枚きり、そこから彼らはさらにボルム・レ・ミモザへ向かう。すでに日が暮れ、日中に上がった気温が雷を招き、激しく打ちつける雨が兵士たちの頬に切りつけ、両の目を刺す中、徒歩で三十キロの行軍だ。時折、稲妻が大きな昆虫のような彼らのシルエットを照らし出す。雷鳴と雨と光の洪水で身がすくんでしまい、ここは悪夢の世界、得体の知れぬ魔法が暴れ狂う場所のような気がしてきて、ジャコブは思わず神さま、神さま、と唱えずにおられず、仲間たちも口々に、神さま、神さまとつぶやいている、それ以外の言葉など一つも浮かんでこない、こんなとんでもない状況をつくり出せるのは神しかいないはず……兵士たちは神の存在を自分たちのすぐ近くに実感するのだが、朝になって雨が止むと、その神さまも消えてしまったように思えるのだ。

銃を発砲準備態勢にしたままの状態で、彼らはボルム・レ・ミモザ村を通り過ぎる。村には

一

人の気配がない、村人は皆、家の中にこもり、フランス軍の将校が「皆さんは解放された」と告げてくれる瞬間を待っているためだが、第三師団の司令官はその吉報を口にしない、抱擁やダンス、蔵出しワイン大放出の大騒ぎで遅れをとることを恐れたからだ……自分は兵士たちを戦闘地まで、さらに先まで率いていかねばならないのだ、この村にはもう少し辛抱してもらおう、お祝いは今しばらくお預けだ。チーズ屋、肉屋、パン屋……ジャコブは店の看板を目で追う、これは僕の言葉だ、僕たちのところと同じ文字だ、結局、フランスがアルジェリアに似てるんじゃないか、その逆じゃぁなくて。

アタリが司令官に尋ねる、用を足すのにちょっと停まるわけにはいきませんか？　論外、と司令官、小便なら歩きながらしろ、いや、そんな、無理ですよ、司令官、あちこちの筋肉を同時にコントロールするなんて、無理ですったら……。これはきっと禁固を食らうな、とジャコブは予想する、学校でだって授業中にこんな口を利いたらさぞかし高くついたはずだ……三十秒で用を足せ、そして我々にすぐに追いつけ、と司令官。アタリの他にさらに二人が立ち止まる、司令官、僕らがアタリにしっかりオムツを当てがってやりますんで……そこで皆がどっと笑い、隊列全体の緊張がほぐれる、戦争っていったってそこまでひどいもんでもないじゃないか、訓練とそっくりどころか、かえって本番の方が快適なくらいだ、景色はのどかだし、司令官は曹長より人間的だしさ……そうこうするうちに次の村が見えてくる、ロット・レ・モール？　おい、モール（ムーア人）だってよ、これ、お前の村じゃんか、とボナンがウアベッサラムに声をかける、ははは、マジでお前んちだ。ウアベッサラムは肩をすくめ、水筒の水を飲み干したけれど、かえって喉が乾いたような気がする、あーあ、こんなふうに羊みたいにして道を歩く代わりに、海にでも潜りたいなあと思う、けど、今の状況で海水浴ってことはつまり脱走するってことなわけなんだし……。

松林のはずれ、イエールの街のふもとで彼らを待ち受けているのはアメリカ兵たちだ。戦闘用の隠れ家に潜んでいるドイツ兵たちに、これから合同で突撃を仕掛けるのだ。六人ずつ、バズーカ砲を持つ者と小銃を持つ者の混合チームが編成される、バズーカ砲はコンクリートをぶち壊すため、銃弾は人肉を引きちぎるため、そうして彼らは半円になってドイツ野郎、アメリカ兵たちがジャーマンと呼ぶ奴らの方へと進む、そのアメリカ兵から差し出された板チョコを一口かじっていてジャコブは司令官の指示に一瞬、出遅れてしまい、しまった、と飛び上がる。砲弾がドイツ兵の隠れ家を吹き飛ばし、こちらはさらに歩を速めて前進する、するとドイツ兵は地下トンネルを抜けて逃げたかと思うと、見えない糸で吊られた操り人形のように、こちらからわずか数メートルの藪の中からひょいと飛び出てくる。ジャコブは銃に弾をこめ、発砲する。一発、二発、三発、四発、そのあとは、もう数えもしない、目の前で走りながらバタバタ倒れていく人の体の数も、もう数えない、ジャコブが撃つのは人間でなく、つべこべ考えずに抹消すべきただの影、ずっと昔からそれ以外の動作を知らぬ者のようにして、ジャコブの左手は銃弾をまさぐり、その目が倒すべき兵士を捉えるや否や、右手の人差し指は引き金を引く、

一

自分の胸にこんな突風が吹き荒れることになるとは想像したこともなかった……爆発音の響きにジャコブは高揚し、自分たちの列で仲間が倒れても気づきもしない、黒い軍服姿の奴らしか目に入らないからだ、そしてその黒い軍服にかき立てられる憎しみは、ジャコブ当人も予想だにしなかった新しい感情。隣ではアタリとウアベッサラムが、やはり気が違ったように発砲している、立て続けに弾をはじき出し、真新しい暴力的衝動を炸裂させている、なんという力強さだろうか……ふとジャコブは岩の後ろにボナンが歯をガチガチさせながらうずくまっているのに気づく、ボナン、ほら、こっち来なよ、と声をかけるが、ボナンは動かない。怪我したのか？　返事はない、ただ体を震わせている、おい、来いよ、来いってば、ドイツ野郎を撃ち倒してやろう、そんなとこにいないで、僕らと一緒に来いよ、そう言って、ボナンを起こしてやりながら、もう片方の手でジャコブはさらにドイツ兵一人に発砲してから、爆発の発火で燃え上がっている松林の中へとボナンを引っ張っていく……火事は猛烈な勢いで広がっている、あたかも何日も前からくすぶっていた火の粉が一気に燃え盛らんとするかのように、長すぎる抑圧からやっと解放されて我を失った踊り子のように、そして、ドイツ兵も連合軍の兵士たちも、同じ焦げ臭い空気で肺を満杯にし、顔からは大粒の汗が吹き出し、銃が手から滑り落ちるのに苛立って口々に怒声をあげる、バカヤロウ、コンチクショウのテッポウヤロウ、今、滑り落ちてどうすんだ、勝手に離れるなっつうに、俺ら一心同体のはずだろうが、殺せ、殺せ、やっちまえ、火の中、飛び込むぞ、任せとけ、最後の戦いまで俺から離れるなよ、お前がいなかったら兵士じゃねえんだから、ここにいる意味ねえんだから、プロヴァンスの丘で駆け回ってる意味ねえんだって言ってんだよ、火事でただでさえ暑いのに、さらに灼熱の太陽ときた、まぶたが焼けるう、ほっぺたが燃えるんだよ、水だ、水くれよぉ、そしたら昼も夜も戦ってやるぞ………。単語と単語をきちんと並べる時間など誰にもないけれど、彼らのやる気がこんな言葉を吐かせるのだ………とその時、ボナンが崩れ落ちる………つまずいたのか？　弾に当たったのか？　ジャコブはボナンを背負うが、自分の背にかかる重量に驚く………ボナンは細っこいチビなのに、硬直したその体のなんと重いこと、その上、ボナンの装備がさらに数キロの上乗せだ。ジャコブは歯をくいしばり、松葉で覆われた坂を駆け下りていくが、土から浮き出た木の根っこにうっかりつまずいて転倒してしまう。万華鏡のように視界がくるくる移り変わる中、ふもとの方、キョウチクトウとエニシダに彩られた丘と道の間に一軒の農家が見えた、サブマシンガンの後ろに見えるのは間違いなくアメリカ軍の制服だ………背に荷を負い、ボナンの銃の床尾《しょうび》が自分のわき腹に食い込んだ状態でジャコブは片足を引きずって走る、フ、レ、ン、、、、、、、、、、、、チフォース、フレンチフォース！　と叫ぶ………叫び声を上げることで新たな力が湧いてきて、なんとか農家までたどり着き、馬小屋の戸を突き破るや否や、ボナンと一緒に藁《わら》の上に倒れ込む、家畜の尿が染み込んだその藁は、ああ、なんと生き返る思いをさせてくれることだろうか。

水が配られ、最初の勝利がねぎらわれると、兵士たちは右の拳を高く上げる、というのもこうした場では そうするものだと知っているからだし、急にこの戦争には必ず勝てる気がしてきたからだ。次いで彼らはイエールに向かって再び歩を進める。熱狂は静まり、皆、重い体を引きずり、よろめきながら進んでゆく。「ゴルフホテル」*でドイツ軍はトゥーロンに向けた戦車の進軍を一旦、停止しており、そこへの突撃に備え、仏軍側の兵士たちは体力を取り戻しておかねばならぬが、時間はあまりない、司令官にとって、敵に援軍が届くことだけは何としても避けたいところだからだ。兵士たちの頭をきつく締めつけるヘルメット、その上を無線機から漏れる無味乾燥な言葉が飛び跳ねていく。ヘルメットの下、各人の頭の中ではごちゃごちゃと色々なものが煮えたぎっている、焼けた人肉や飛び出した内臓の匂い、血の味、自らは負傷していない兵士たちにとってもそれは同じだ。皆、頭が麻痺してしまって、自分たちが体験した

*南仏の街イエールに一九〇五年に建てられた高級ホテル。ベルエポック期には英国をはじめ、国際的な客層で賑わったが、フランス随一の避寒地だったイエールの衰退と共に、他のホテル同様、廃業に追い込まれる。第二次世界大戦中には、ドイツ軍に占拠され、要塞として用いられた。

ばかりのことを言葉にする術を知らない。もう遊びどころではないし、もちろん訓練とも違っていた。本当に人を殺したのだ。厚紙でこしらえた的《まと》との違いはなんだったのだろう。燃え盛る松林の映像や負傷兵の叫び声が蘇ってきて、その問いへの答えを教えてくれる。喉はヒリヒリ、舌はカラカラ、耳は聞こえない、なのに爆音が聞こえる、それが頭の中の妄想なのか、それともここから数キロのところで本当に起きたことなのか、彼らにはもうわからなくなっている。

最後尾にいたボナンはなんとか列の前の方に進んでジャコブの近くまでやってきてにこりとする。その笑みが伝えるのは、さっきは最悪の状況から僕を助けてくれて、あの農家まで運んでくれてありがとう、という感謝の気持ち、あの時ボナンは自分より一歳年下のこの仲間に守られている気がしていた、その背にもたれながら、父親に肩車してもらっているみたいにすっかり安心して、何もかも任せられるように感じていたのだった、そう口には出さずとも、ジャコブにはすっかりわかる……ボナンの無言の「ありがとう」に、だから、うん、とだけうなずく。そして皆と足並みを揃えて歩き続ける、眩しい光と、軍靴で舞い上がる埃をよけるために、誰も彼も目を細めたまま、歩き続ける。

小隊の司令官は疲弊した兵士たちを横目に、司令部との無線で今後の動きを確認している……小隊はこれから「ゴルフホテル」へと歩を進め、谷間を眼下にそびえ立つその巨大な鉄筋の建物を北と西の方角から攻略する段取りだ……はい、木《こ》っ端《ぱ》微塵《みじん》にしてやります、敵を全滅させます、しかしながら、隊員は、まず、眠り、食事をとらねばなりません、でなければ彼らの方が全滅でしょう、勝利のために兵士を失うのはやむを得ませんが、敗北のためにというわけにはいきません……よろしい、了解だ、と司令部。「休憩」という言葉が隊列に沿ってさざ波のように順に伝えられる、兵士たちは耳を疑い、今にもへなへなと崩れ落ちそうだ。右だ、松林の中だ、と命令を伝えるのはアタリ、先の戦闘終了以来、父親の気を引きたい子供のような幼い得意顔で司令官の脇にずっとへばりついているのだ。

ジャコブは目を大きく開いて松の木をじっと見つめたかと思うと、突然、空気がふわりと柔らかくなった気がして今度はぼんやり空を見上げる、静かだ、のどかですらある、そしてその静寂を乱すのは疲れを知らぬセミやコオロギやトンボの音くらいだ。ヘルメットの周りではミツバチがブンブンと飛び回っている、ラベンダー畑と巣箱の間で、ミツバチもちょっと休憩なのだろう、自分に何か話しかけているみたいだな、と思う。いや、でもハチには声がない、だからしゃべれないはず、これは声じゃなくて羽がこすり合わされる音なんだ、と思い直す。そしてその音は故郷のリュメルの峡谷にジャコブを連れ戻す……つい数ヶ月前のことなのに千年も昔のことのようだ、そこを流れる川の音が聞こえる……ジャコブはヘルメットを脱ぎ、他の皆がしているように木陰の地べたに横になって目を閉じる。自分にしか見えない世界に引きこもってジャコブは泳ぐ、肌に太陽を感じながら、空《くう》にぽっかり浮かんだあの吊り橋を見上げて夢想する。折り曲げた腕の肘のくぼみに頭をうずめると、さっきのミツバチがジャコブの頬に軽く触れ、ひたいに止まって数秒、そこでごそごそしている、その華奢な足がくすぐったい。そこ、撫でてくれ、うん、もっと……けれど若い男のこめかみをキラキラと筋になって流れ落ちる汗にうんざりして、ミツバチは唐突に飛び立ってしまう。

ラジオをつけておくれ、とラシェルがガブリエルに頼む。家の男たちがいるときにガブリエルはラジオには触らせてもらえないが、その日、ハイームとアブラハムは靴修理屋にいて、ガブリエルは前日、店屋からピスタチオをひとつかみ盗んだかどで罰を食らっているところなのだ……食料品店の主人が突然、靴修理屋の店に飛び込んできたと思ったらガブリエルの襟を摑んで絞め殺さんばかり、おやおやと揉め事の到来に目を輝かせる客二人の目の前で大恥をかかされた父親、アブラハムの顔は火がついたように真っ赤になった。その罰でガブリエルはその日の午後じゅう両手を頭の上に置いた状態で壁に向かってひざまずかされ、身動きは禁じられた、誰も彼に話しかけず、店に出たり入ったりする客たちも、そんな格好をさせられている子供を見てもなんとも思わなかった、そして夜になると、今度は祖父母の部屋で、叔母のイヴェットのあざけるような視線のもと、祖父からビンタを二十発食らったのだった、次は百発だからな、お前、百まで数えられるか?

午前中いっぱい、ガブリエルはマドレーヌの洗濯を手伝って何リットルもの煮立ったお湯を運び、さらに腰を二つ折りにして重たい桶をテラスに背負っていったりしていたのだが、今は無線ラジオのボタン操作に取り組んでいる。ラシェルはそんなガブリエルの髪を撫でて周波数がなんとか合わせられるようにと力づけ、ガブリエルは探知を続けながら、あ、音が安定するかも、というところで指の動きを止めてみる、するとラシェルが、おや、ありがたい、とおもねる視線を向け、ガブリエルはもう一度、髪を撫でてもらうのだが、そのあとすぐに、ラシェルはガブリエルを押しのけ、しいっ、静かに、と言う、やっと周波数が合ったとあれば、もはやラシェルにとってガブリエルは存在しないのだ。

　ラシェルはラジオからパチパチと聞こえてくる声の方に身をかがめる……祖国、解放、勇気、勇敢な英雄たち、トゥーロン解放、マルセイユ解放、ド・ラトル・ド・タシニ将軍率いるB軍隊の勝利に次ぐ勝利、ドイツ敵軍への我が軍の攻勢はもう誰にも止められない……そんな言葉が何千キロという距離を超え、フランス軍とその連合軍の栄光を伝えている……「ドラグーン作戦*」は成功、フランス軍はアメリカの予想より四十日も早く成果を上げている……。ラジオの声はラシェルには速すぎるが、ハイームの肘掛け椅子で微動だにせず、けれどラシェルは夫不在中のこのささやかな自由を満喫するのだ……夫の場所に陣取る自由、いや、単にこんなふうに背中を休めるだけの自由、その片手をラジオの上に置き、ラシェルは願う、この箱の中の見知らぬ声の持ち主がなんとかジャコブの名を口にしてくれないだろうか、

＊一九四四年八月十五日に行われた連合軍（米軍とフランスB軍隊〈のちの第一軍隊〉）による南仏上陸作戦のコードネーム。

その無事を、生きていることを、怪我もせず間もなく戻ってくるのだ、ということを保証してくれないだろうかと。そしてもう一方の手には、出発前のジャコブから送られてきた写真がある、ジャコブと、その仲間たち三人が「ノルマンディ号」に乗っているあの写真、ラシェルは、でもそれが本物の船だと思っている、作り物の戦艦甲板の手すりに過ぎないなどとは知る由もないし、そもそも戦艦甲板の手すりなどという言葉もラシェルは知らない、ラシェルが知っているのは階段の手すりだけだからだ。写真のジャコブはその明るく奥深い眼差しでラシェルを温かく包む、他の息子たちとは違う何かがジャコブにはある、それは間違いない、服従や義務からそうしているのではない優しさ、誰からも愛される資質、他の息子たち三人がしくじった分野でうまくやれる能力、勉強はもちろん、人生全般においてもそう、なぜならいつも互いにいがみ合うばかりか、自分自身とも折り合いをつけられない兄たちとは正反対に、ジャコブは思いやりと穏やかさにあふれた人間関係を大切にする子だからで、実際、その兄たちの間では不平や責め句の飛び交わない家族の食卓や行事などあった試しがない……お前、金遣い荒いんだよ、そういうお前は父さん母さんをほったらかしじゃないか、おいおいお前さんたちな、ここをホテルだとでも思ってんのかい……そんなふうに責められるアブラハムの横でマドレーヌが顔を赤くするようなことも幾度もあった。

片やジャコブ、あの子はなんといってもバカロレアに合格したんだよ……そう、ちょうどその日の朝、国家教育省のレターヘッド付きの手紙が家に届いたばかりで、その文面をガブリエルがたどたどしくもなんとか読みあげると、ラシェルは口に手を当て「ゆうううううう」と、アラブ式の万歳の声を上げ、すぐさまドーナツ作りに取り掛かったのだった……ボウルの中で、そのふわふわのスフェリエットがちょうど今、シロップを吸い込んでいるところだ。ジャコブの大好物のドーナツ、スフェリエット、そういえばあれはバル・ミツヴァのお祝いの日、ちょうど髪結いがジャコブの髪を切りに来ていた時だったね、これの食べ過ぎでジャコブがおなかを壊したのは……何しろ少なくとも二十個は食べたのだから無理もない……そして今日こしらえたのはジャコブのバカロレア合格祝い、ラシェルはまるでそこにジャコブがいて、もうじき路地にその声が響き、階段を駆け上がるその足音が聞こえてくるかのように振る舞っているが、ひょっとしたらそんな母親の心が奇跡を起こすかもしれない、それに正直者が作る料理はいつだって特別な力を発揮するもんだよ、そう自分に言い聞かせながら、力を込めて卵を泡立て、粉がダマにならないように細かくふるいにかけたりしたのだった。

　ラジオの声はますますパチパチうるさくなり、やがてピューピューという高音の雑音に取って代わられ、八月の暑さでぐったりしてマットレスでうとうとしていたカミーユとファニーを起こしてしまう、そして、数週間前に生まれた新しい妹のジネットは泣き出してしまう——マドレーヌのお腹の中にいたのは確かに双子だったけれど、もう一人の赤ん坊は出産中に死んでしまい、病院から戻ってきたのはジネット一人だったのだ——でもきっとそれでよかったのだ、さらにもう一人いたら一体どこに寝かせろというのだろう、それにアパートに響く泣き声も二倍になっていたはずなのだから。赤ん坊の泣き声に眉をひそめるラシェルの視線を感じ、マドレーヌは慌てふためいて赤ん坊を自分の胸に押し付け、乳首を無理やりその口に押し入れるが、赤ん坊は首をいやいやと振り、乳を受けつけない、お腹が空いているんじゃない、そのせいで泣いているわけではないのだ。泣き止んでおくれ、ビンティ*や、マドレーヌは赤ん坊を腕の中で揺らしながら聞こえない声でつぶやく、かわいそうに、お前の人生、しょっぱなっから大変で………。ラジオの周波数を再度合わせようと頑張っている息子をじっと見つめるマドレーヌ、お腹を空かせたガブリエルは、スフェリエット、食べてもいい？　と祖母に尋ねるが、ダメ、と言われる、男たちが戻ってくるまではダメだ、水でも飲んどきな、そしたら空腹も紛れるさ。ガブリエルはぐっと歯をくいしばる、まるで人殺しでもしかねない顔、しかも殺す相手はドイツ人でなくったって構うもんか、そんな顔。

＊ヘブライ語で「私の娘」を意味する言葉。

一

トゥーロンが解放された、マルセイユも解放された……行く先々、至る所で兵士たちは喝采を浴び、戦闘から喜びに沸き返る町へのあっという間の移行は、映画の中で一瞬にして一つの国から別の国へと飛び移るのと似ていた。最初の勝利の時には彼らも面食らったものだった、歓喜、お祭り騒ぎ、拍手喝采、彼らに飛びついてくる子供たち、娘たち、そして男たちからの抱擁……セネガル狙撃兵たちを指差して、見ろよ、あのアフリカ兵たち、本当にかなり黒いんだな、などと言っている者もいた。みんなが彼らの写真を撮りたがり、飴や花が差し出された。兵士たちも皆笑顔で感謝の言葉を口にし、歓呼で迎えられる英雄の誇らしい気持ちを味わってみれば、もう戦争はおしまい、行軍もここで終わるような気がしたものだったけれど、しかし彼らは再び、出発しなければならなかった、ローヌ峡谷をリヨンまで北上、レジスタンス軍の内側からの抵抗にも助けられてそこもまた解放、そしてそのリヨン郊外の町、カリュイール*の酒場で、ジャコブはルイーズに出会ったのだ。ルイーズは十六歳だが、二十歳くらいに見

*リヨン市の北に位置する町。第二次世界大戦中の一九四三年、フランス・レジスタンス活動の中心人物の一人、ジャン・ムーランがデュグジョン医師宅での秘密の会合中、ゲシュタポに侵入され、逮捕されたことで知られる。

え、艶のあるショートヘアをくしゃくしゃっと逆立たせていて、兵士たちの周りを行ったり来たりしながら落ち着き払った様子で彼らを見据えているが、ふと、ジャコブに目を止める、ジャコブはちょうどみんなから歌を歌ってくれ、とせがまれているところだった。ジャコブはいつもの十八番、ピアフとシュヴァリエの歌から始める。するとムスリムの兵士たちが、手品のようにコートの下からダルブッカ太鼓を取り出し、ピンと張られた革を指先で叩き始める。触れるか触れないかくらいの手つきに見えるのに、太鼓の音は高らかに響いて部屋を満たす。ジャコブはサリム・ハラリの歌を歌う。

ドゥール　ビハ　ヤ　シバニ
ドゥール　ビハ
踊れ、盟友
踊って周れ、あの娘の周りを
あの娘は金持ち、あの娘はべっぴん
だからみんなに羨まれるぞ
さあ、我が馬に鞍をつけ、
上等の手綱を
ハリマの女王に

一

似つかわしい馬であらんことを
さあ、我が馬に鞍をつけ
冷たい水とレモンも用意して
タウースの女王のために
穏やかな馬であらんことを
さあ、我が馬に鞍をつけ
贈り物を届けん
赤毛の女たちの女王のために
美しい馬であらんことを

酒場中のみんなが手を叩き、拍子をとる、ムスリムの男たちは馬をギャロップで走らせている時のように太鼓に全神経を集中させている、一瞬の不注意が悲惨な落馬に帰結するからだ。そのリズムに否応なく乗せられて客たちも揃って大喜び、音楽のもたらす恍惚というものを体験するのは初めてだし、この若い男の声は彼らの感情と鋭敏な欲望に火をつける、テーブルやカウンターの上に乗っかって踊り出す者がいるかと思えば、恋人たちは熱烈に接吻している。ルイーズがじっと見続ける中、ジャコブはシェイク・レイモンの歌、「ライヤリ・シュルール」へと続ける。ジャコブの仲間たちには空で覚えているお馴染みの歌、ジャコブがタイトルを告げただけで、即座に自分たちで歌い始められるほどだ。

兄さんになんてそっくりなんだろう、間違いなくこの子、ユダヤ人だわ……そう思ったルイーズは、歌い終わってジャコブが観客に一礼し、両脇からアタリとウアベッサラムが喝采を浴びせると、立ちはだかる男たち、女たちをかき分けて前に進もうとする、誰も彼も、とりわけ女たちはこぞってこの天使の顔の歌手に近づこうとするが、ルイーズは構わず突き進む。これしきのことなどどうってことない、これでも人生経験は豊富なのだ。そうしてついにジャコブのところまでたどり着いたルイーズは、ジャコブの袖を引っ張り、単刀直入に尋ねる、歌、上手ね、あなたユダヤ人？　ジャコブはその問いにびっくりする。最初は男かと思ったが、シャツの襟《えり》ぐりから覗く胸の膨らみを見てとり、さらに、彼女には耳が片方ないことにも気づく……顔の左側、腫れ上がった痛々しい傷痕が、そこにあるべき器官の不在をあぶり出している。そこに人の目が止まることに慣れているルイーズは、その箇所に機械的に手をやりながら言う、ね、人の半分しか聞こえなくってもあなたが歌が上手いってちゃんとわかるよ、私にも飲み物くれる？　ジャコブはひどく興味をかき立てられて飲みかけのウイスキーを差し出す、もっとも、わずか二週間ほど前にフランスに上陸して以来、女の子なら数え切れないほど目にしてきたし、祖国の女の子たちよりも色白で、柔らかなアクセントで歌うような話し方をするこの国の女の子たちには、それなりに慣れたつもりでいたのだけれど……そして鳥のさえずりのような彼女たちの声がこの国を北上すればするほど、高音域の音が消えていくことにも気づいていたのだけれど………。ハンサムな歌手にキスさせてよ、と誰か別の女の子がルイーズを脇へ押しのける。されるがままのジャコブの唇に、女の子の唇が重なる、解放してきた町々で、女の子たちはいつも同じことをした、今回もジャコブは特に何も感じない、握手するみたいなものだもの。その女の子が自分の名を尋ねるのとちょうど同時に、ジャコブはルイーズの名を尋ね、二つの答えが重なって聞こえる………ルイーズ、ジャコブ………でもね、本当の名前はレアなの、とルイーズが付け足す、といっても、私の本当の名前を知ってる人はもう誰もいないけど。ねえ、外に出ない？　ジャコブはもう一人の女の子に優しくどいてもらうのだけれど、つい今しがたジャコブの首に手を回したくせに、その子ときたらすぐに他の兵士を追っかけ始める。ジャコブはルイーズと一緒に人混みをかき分けて出口へと向かう。ジャコブがタバコを勧めるとルイーズはアゴで短くうん、と言い、二人は歩道にしゃがみこんで無言でタバコを吸う。ルイーズには有無を言わせぬ吸引力がある、ジャコブは少し躊躇《ちゅうちょ》してから尋ねる、それ、誰にやられたんだい？　ルイーズの答えは、あなた、私の兄さんにそっくりなんだよね………お兄さんはどこにいるの？　と再びジャコブ、わかんない、君はここで一人なの？　そう、両親は？　タバコ、もう一本、くれる？　美味しいタバコね、これ。

ジャコブはポケットからキャメルの箱を取り出し、これ、アメリカ製なんだ、と言いそえる。炎に照らされてルイーズの傷痕がレンガ色に赤くなり、長いまつ毛は目の下に長細い影を作る、ローズレッド色の唇はタバコをくわえて丸くすぼんでいる。ジャコブがルイーズをじっと見つめるとルイーズもジャコブを見つめ返す、金色の産毛におおわれた高い頬骨からか細い首へ、さらに視線を再び上に走らせると暗い瞳の奥がキラリと光り、ジャコブを魅了する。ルイーズは自分でひと吸いしてから、そのタバコをジャコブの唇にゆっくりと滑り入れ、そして再び、自分の唇でくわえる、そんな遊びがしばらく続く……二人の唾液が大して交わるわけでもないので互いの味まではわからないけれど、湿り具合の違いくらいはわかる……ルイーズはタバコを地面でもみ消し、急に立ち上がると、ジャコブがついてくるかを確かめるでもなくそのまま歩いて行ってしまう。が、ルイーズにはわかっている、そして案の定、ジャコブは追いかけてきて、ルイーズの胴に手を回す。男物のズボンの下で柔らかく盛り上がる若い女の腰、ガヴロッシュ*みたいだ、いや、バリケードに行くのに男装したエポニーヌ**かな……かつて読んだ本の記憶がこんなふうにごく自然な形で立ち上ってくるのはこの数ヶ月で初めてだ、やはりごく自然にヴィクトル・ユーゴーの言葉が頭の中にするすると浮かんでくる。

子供時代の美しさを知らぬ貴女《そなた》
ああ子供よ！　痛みに満ちた我らの齢《よわい》を妬むことなかれ
そこでは心は奴隷と反逆児を行ったり来たり
そこでは笑いですら、貴女の涙よりしばしば悲しいルイーズの声がジャコブの声に重なり、続きを唱える、もうずっと昔からデュオでやってきたようにピタリと調子が合う。

憂いなき貴女の齢、それは甘美に過ぎて記憶にも残らぬほど！
大きな歌声の中の小さな吐息のようにそれは過ぎ去っていく
遠ざかり、やがて聞こえなくなってしまう楽しげな声のように
波を凪に沈めるアルキュオネーの鳥のように＊＊＊

アルキュオネーって何か知ってる？　二人は同時にそう口にし、いずれの声も自分はそんなことも知ってるんだ、という誇らしさに彩られている。ルイーズはクスリと笑い、二人はそのまま街の方へと歩いていく。建物に挟まれた路地をたどっていくと、その先にひどく大きくて

＊ヴィクトル・ユーゴー『レ・ミゼラブル』の登場人物の名前。典型的なパリのわんぱくな下町っ子、ガキっ子の代名詞としても用いられる。
＊＊前述ガヴロッシュの姉の名前。貧しい家庭の娘で、マリウスに叶わぬ恋をする。
＊＊＊ヴィクトル・ユーゴーの詩『少女へ』の冒頭。

暗い洞穴《ほらあな》のような中庭がいくつも現れて、ジャコブを驚かせる。こういうの、トラブール*っていうんだ、とルイーズ。このおかげで私は命拾いしたんだよ。どういう意味？　とジャコブは尋ねない。どのみち答えてはくれないと知っていたから。もしかしたらもう少し時間がたてば話してくれるかもしれないが、今のルイーズは賢いイタチのように迷宮のような道を迷わず進んでいくばかり、歩調が速まり、ジャコブもついていくしかない。腰に回していた手もいつしか離れてしまった、そんな二人は、散歩する恋人というよりは、むしろ根城を走り回る兵士といったところだろう、ところどころ石灰が剝げ落ちた箇所が雲のようなシミになっている階段を駆け上って踊り場に着くと、ルイーズはドアを押しあけ、ジャコブも後に従う。

石油ランプの光でかろうじて見えるのは、椅子が一脚、テーブルが一つ、そして鉄枠のシングルベッド、壁に立てかけられた自転車、床の上にきちんとたたまれた衣服が少し。喧騒から離れた殺風景なこの部屋の中で、ルイーズはずっと小柄で、急に年相応に見える。ジャコブはまごつき、二人がどうやってここへ、なぜここへやってきたのかわからなくなる、いや、二人とも、なぜ、の答えは知っているのだが、それをはっきり口にはしなかっただけだ。座りなよ、とルイーズが言う。ジャコブは軍服の上着を脱ぎ、椅子を自分の方に引き寄せる……そうじゃなくってベッドにだよ、とルイーズ、ごめん、とジャコブ……ベッドの台が締め付けられるような軋《きし》んだ音を放ち、台の上には穴のあいたマットレス、だが、毎晩同じ部屋に戻り、同じ寝床で丸くなれるということすらすっかり忘れていたジャコブには、そんなマットレスもふかふかに思われるのだ。ルイーズがひざまずいてジャコブの軍靴の紐をほどく、ジャコブはなんだかいたたまれない、そんなジャコブのこわばった気持ちを察してルイーズは言い訳がましく言う、靴紐解くのって私、好きなのよ、なんでかわかんないけど。紐の上を軽やかに動くルイーズの指を見つめながら、ジャコブは、その迷いのない動きに少し不安になる、この後、靴下も脱がすのだろうか、そして服も全部、脱がす、のだろうか……。だがルイーズは、靴紐をほどき終わるとジャコブの隣に腰掛けた。ジャコブはその手をとり、口づけしようと前にかがむ。頭をルイーズの太ももに預けたまま、ジャコブはじっとして動かない、呼吸に合わせて膨らむルイーズのお腹、ジャコブを受け入れようと待っているお腹。最初に動いたのは彼だったか、いやルイーズだったか、二人はどさりと倒れ落ち、ぴったり身を寄せて横になる、ベッドが狭すぎてそうするしかないのである。二人の衣服に染み込んだ油、汗、オリーブ石鹸の匂いが重なり、アルコールや若い体液を含んだ二人の吐息が混じり合う、二人はしばらくそのままじっとしている、次いで、それぞれの手を相手の顔に置き、それまで目で捉えるばかりだった互いの目や鼻や口の輪郭を指先で辿ってみる、相手の肌にほくろを見つけたりもする。ジャ

＊二十世紀初頭、リヨンで家屋の間を突き抜けるようにして造られた路地のことをそう呼ぶ。

コブはルイーズの指にキスをするが、それ以上のことはできないでいる……君、小さな鳥に似てるね、ツグミ、かな？　ルイーズっていう名前の歌、知ってる？　ううん、知らない。ジャコブは姿勢を少し変えて肘枕をつく。

Every little breez seems to whisper "Louise",
Birds in the trees seem to twitter "Louise",
Each little rose　tells me it knows
I love you, love you
（そよ風というそよ風が囁いているみたいだ、「ルイーズ」と／木の鳥たちもさえずっているみたいだ、「ルイーズ」と／どんな小さなバラの花もお見通し／アイラヴユー、ラヴユー）

「ルイーズ」というところで少し間をとり、ジャコブはゆっくりと歌う、陽気なメロディーをしっとりと深みのある歌にしてみせる。でも言ったじゃない、それは私の本当の名前じゃないって、本当の名前はレアなんだって。レアって名前が出てくる歌は知らない？　ううん、思い当たらないな。ルイーズの顔があまりがっかりして見えるので、そんな歌を発明できたらいいのに、と思うけれど、言葉がうまく出てこない、歌うか、黙るか……結局、二人は揃って押し黙る。

ルイーズはジャコブの肩のくぼみに頭をうずめ、二人共、じっとしたまま、二人だけの静寂、きっちりと寄せ合った二つの身体を堪能する。どこから来たの、とルイーズが尋ねる、コンスタンティーヌ、とジャコブが答える。それ、どこなの？　アルジェリア。じゃあ、遠いんだね。それほどでもないよ、船で一昼夜だった、僕も昔は思っていたさ、フランスは遠いところなんだろうって。そこ、どんなところなの？　ジャコブは答える、街は岩の上に造られてるんだ、すごい川に囲まれる形でね。熱いお湯の出る源泉があって、そこから岩のプールに温泉が湧き出してくるんだよ、そんなプールに身を浮かべたら王様みたいな気分さ。で、頭上には川を横切る橋があってさ、橋は全部で六つ。その中の一番高いところにあるのがシディ・ムシッドの橋。時々その橋の下に雲海ができるんだ。宙に浮いたみたいになるわけなんだけど、でももちろん落っこちるわけじゃない。怖いよ、そりゃあ、でも大丈夫。こっちからあっちの側へ、空を渡るみたいに移動するんだ、ああ、橋が崩れちゃうかもって思うよ、特に車とかトラックが通るときなんかは、ああ、もうだめだ、絶対、崩れるよぉってね、橋が揺れて、自分も橋と一緒に大揺れになるんだから。そんな橋、いつか見てみたいな、とルイーズがジャコブの話をさえぎる、ところで、ねえ、ドイツ人、たくさん殺した？　わかんない、でも、うん、たぶん、とジャコブ。こんな質問はできれば避けたいという思いは、ルイーズもジャコブも同じだ。これから僕たち、何したらいいんだろう、とジャコブは自問する、キスして、で、その後は？

ルイーズの肩越しに、ジャコブは壁に立てかけてある自転車を見つめている、錆びついたフレームや側面が擦り傷だらけのサドルの細部まで眺めていると、少し気持ちが落ち着いてくる。レコード屋の息子のジャン・クロードが何度か自転車を貸してくれたっけな、コンスタンティーヌは自転車にはもってこいの街、とんでもない坂道がいくつもあって、空に舞ってから地面に激突なんてこともあったな、不思議と痛みも感じずにまた起き上がると、ちょっと離れたところで横倒しになった自転車の輪っかがまだくるくる回っていてさ、それからまた自転車にまたがったんだよな……解放されたリヨンの道をルイーズと自転車で走り回れたら楽しいだろうな、自分は立ち漕ぎして、ルイーズは両腕で僕につかまってさ、ベッドの中でどんなふうに振る舞っていいかもわからずにいるより、その方がよっぽど簡単だ、そもそもルイーズのことを自分は何も知らないし、それにこの耳のことがある、誰に切られたのか、と尋ねたら、ルイーズは、あなたユダヤ人？　あたしの兄さんに似てるよ、なんて答えるんだからさ、で、そんなふうに言ったからには、彼女もまたユダヤ人なんだろう、きっと……ジャコブにはそれが意外だった、なぜなら、ルイーズはコンスタンティーヌのユダヤ人女性たちにはちっとも似ていないから。その骨ばった体、色白の肌、暗い色の、ほとんど表情というもののない大きな目、いや、表情がたくさん詰め込まれすぎていて逆にどれか一つだけ抜き出すことができない、そんな目、そうした特徴の数々が、女の子という言葉に全く新しいイメージをもたらす。ルイーズはジャコブの髪に指を這わせる、上陸作戦開始以来、ジャコブの髪もずいぶん伸び、栗色の

一

毛束はまた元の柔らかい巻き毛になってきている……ジャコブは目をつむる、頭皮に触れるルイーズの指の感触にぞくっとする……鳥肌、立ってるじゃない、もしかして寒い？　とルイーズが尋ねる、ううん、とジャコブ、続けて何かつぶやくけれど、それがあんまり控えめで礼儀正しいものだからルイーズの口元にかすかな笑みがこぼれ、それで、よし、とジャコブは覚悟が決まる、自然に任せればいいのだ。そうしてジャコブはルイーズの唇に自分の唇を重ねる、舌が互いに絡み合う、初めて体験する感覚に先ほどまでの臆病風も吹き飛んでしまう……小さな部屋のドアのすき間から流れ出た臆病風はそのまま外の小道の迷路に紛れ込んでいく。ルイーズがジャコブのシャツのボタンを外し、その胸に顔を埋めると、ジャコブはルイーズのシャツの下に手をすべり込ませる、腰から脇腹へとその手を這わせ、胸の丸み、その柔らかさを初めて確かめる、ジャコブはそこに顔を押し付けたいと思う、震えながらそれを実行すると、全身の血流が一気にドクンドクンと脈打つ、高まる恍惚感にジャコブはルイーズをぎゅっと強く抱きしめるが、それでもまだ足りない、二人は新たに口と口を溶け合わせる。そうか、これなんだ、愛っていうのは……想像したこともなかったこの渇き、それを癒す互いの舌、そうか、これが女ってものなんだ、大急ぎで粉々にしてその中に身をうずめ、同時に包み込んでやりたい、のっぴきならぬそんな衝動をもたらす、そうかこれが女の体というものなのだ。二人の手は互いの体をまさぐってつかみ取ろうとする、肩、背中、顔、胴、二人の歯がぶつかり合う、一瞬、ぴたりと動きを止め、揃って自分たちの不器用さを笑う、そんなチームメイト意識が、恥ずかしさを打ち負かしてくれる、二人は互いにしがみつく、ジャコブ、ルイーズ、ノン、レアと呼んで、レア、レア……口づけと口づけの間に互いの名を呼び合う。女を抱くのは初めてだけど、僕の肌っていうのはこんなに柔らかいものだったんだろうか、それとも柔らかいのは彼女の肌の方なのだろうか、いや、もしかしてこれは肌を合わせることが起こす奇跡なのか、ジャコブはそんなことを考えてみるけれど、答えはわからない、やがて考えることすらできなくなる、言葉はジャコブを置いてきぼりにし、てんでんばらばらに宙に舞ってガサガサと雑音を立てるばかり、ジャコブの性器は一層硬くなり、ルイーズは下腹部に這わせた手でそれを自分の中に導き入れる、ジャコブは初めて味わうこの接合に真正面からからめとられてうめき声を漏らす、もっとよく挿入しようといったん抜き出す、もっとよくルイーズを、湿った柔らかいそれを感じられるように、もっと、もっと……自分の力が尽きないように、そもそも、その力が何なのかもよくわからぬまま、ジャコブはもがく、果ててしまうことが怖かった、股間のこの未曽有の欲望に征服されてしまうのが怖かった、そんな欲望は自分の中に、この猛り狂った体の中に閉じ込めておきたい、と同時に、最後まで突き進んでけりをつけてしまいたくもあるのだ、どのみちジャコブに選択の余地はない、髪の付け根から足の爪先までを駆け巡るこの嵐にすっかりやられてしまっているのだから……ルイーズは、そんなジャコブをもう二度と離すまいというようにぎゅっと抱きしめる。

一

船底に横たわるようにして夜通し二人は揺られ、眠り、目を覚ます、口づけと愛撫と、始まりも終わりもない言葉、何を話したかなどあとで思い出せないような夢物語のような、熱に浮かされたような言葉、行為の方はだが、決して消えてなくなることのない甘美な痕跡を二人の中に残し、二人の肉体を塑像し、そこに確かな刻印を残す。夜明けにジャコブはもう一度ルイーズの中に身をうずめ、その湿り気に気を失いそうになる、ルイーズはずっと目を開けている、ジャコブの顔には哀切と狂気の入り混じった表情、ルイーズはそれを目にする最初の女性だけれど、でも自分がそれを目にするたった一人の女性になるとは知る由もない、と、突然、ジャコブの顔が驚きに引きつり、全身の筋肉がガクリと弛緩する、ルイーズは甘美な誇らしさに満たされて、それを自分の内に受け止める。

残された最後の時間、二人は触れるか触れないかくらいのキスを交わし、ジャコブはルイーズの耳の傷跡の周りの、驚くほどに薄い皮膚に優しく口づけをする、ルイーズがジャコブの頭を押して、こっち、と無言で頼むのに答え、ジャコブは腫れ上がって蛇腹《じゃばら》のようになっているところに唇を置き、シワにそっと触れ、明らかにやっつけ仕事で縫われたとわかるその醜い傷を、優しい愛撫で覆い尽くす。ルイーズは無言でありがとう、と目を閉じる、また会おうとはどちらからも言わない、それがよどんだ虚しい嘘になると知っているから。

ジャコブがドアから出て行きざま、最後にもう一度振り返って微笑むと、ルイーズが言う、ドイツ人を殺して、たくさん殺すのよ、最後の一人まで、ね、約束して、そのためにあなたが死んじゃうことになるとしても、ね。

一

ヴォージュの森は十一月の陰気な色に染まり、寒さと雨に叩きのめされた兵士たちに、ここでの戦闘は間違いなくプロヴァンスのそれよりも厳しいものになることを告げている。アタリもウアベッサラムもボナンも、そしてジャコブも、奇跡的にまだ生きている、恐怖に身を震わせながらも、まだ生きている、ひどくお腹をすかせながらも、まだ生きている……行軍のスピードが速かったため、食料の補給はなかなか届かない、身に染みる寒さで日増しにひもじくなるというのに、日割りのわずかな配給量では空腹も満たされない。次の戦いは明暗を分けるものだと聞かされている、アルザスの解放がかかっているからだ。明暗を分ける──上陸前夜このかた、耳にタコができるほど聞かされてきたお題目のようなその言葉を、彼らだってできれば信じたい。リヨンではド・ラトル・ド・タシニ将軍に直々に褒めてもらった……大広場で最前列に並んでいたボナンに将軍は握手の手を差し出し、後列の者たちも含め、彼ら全員に言ったのだ、諸君はフランスに栄誉をもたらすのです、諸君を頼りにしているその印に、これからは諸君のことを第一軍隊と呼ぶことにしよう……それだけ言うと、将軍は背を向けて行ってしまった、そして彼らだけが今、暗い空の下、雨に打たれているのだ。アタリは、ジャコブの恋物語を茶化したきわどい身振りつきのジョークを口にすることもなくなった、ウアベッサラムは以前よりさらに無口になって、自分たちの足がズブズブと沈んでいくぬかるみを忌々しそうに見つめている、ボナンは歯をガチガチならし、アルジェの港で船から海に飛び込んだ仲間、ハダッドのことを考えている……ハダッドは見つかっただろうか、そしたら死刑になるんだろうか、それともどこか安全なところに隠れて、ほんの少しの罪悪感とともにハッピーにやってるんだろうか、何しろ、あいつだけがそのあとに起こることを予感できて、そこから逃げおおせたんだもんな……。

ジャコブはルイーズの顔や体を再現しようとする。もう一週間、体を洗っていないし、寒さでこわばった肌に軍服がヒリヒリと痛い、こんな汚くっちゃルイーズを抱くのも無理だな、とジャコブは思う、それにどのみち、コンスタンティーヌの兵舎を出てから流れた月日と同じように、ルイーズもまた、非現実的な幻のようなものになってしまっていた、そうなのだ、あの出征の日以来、一日一日がその前日を消し去り、前日は、分厚い雲の彼方へと呑み込まれてしまうのだ。夜、眠りにつく前にだけ、けれどジャコブは両手を自分の顔に置き、それがルイーズの手なのだ、と想像し、その手にこっそり口づけする、もちろん彼女の隣で実際に感じたものとは比べものにならないけれど、そうすることで、たった一夜、二人の体が絡まり、一人がもう一人の中にいた、そのことの証をつかめるような気がするのだ。

森に分け入る兵士たちに、決して音をたてるな、と軍曹が身振りで指示をする。そういう時の静けさは戦いそのものより恐ろしい、それは静謐《せいひつ》というには程遠く、むしろ不吉な前兆というに等しいからだ……敵は後退するたびに力を取り戻すように思われる、凍える罠《わな》に自分たちを首尾よく陥れるために彼らは北方へ後退しているのではないだろうか、土地勘のある彼らの優位は明らかだ、対してこちらはといえば、前進しながらようやくこのフランスという国を少しずつ知り始めているに過ぎない、そうして思い知らされているのだ、パリだけがフランスではないのだということを……パリ、誰もが憧れるパリ、戦争に勝ったら行ってみようぜ、とみんなで約束しているパリ、勝ったら、というのは、もちろん本当の、最終的な勝利のこと、こんな状況にあってもときにはそんな夢想をすることだってあるのだ、夜、みんなで火を囲んでいるときなんかに、あるいは、戦闘を交えた後なんかに……それが勝ち戦であっても、しかし彼らには勝った気がしない、ある者にとっては勝ち戦でも、同じ隊列で戦死した人間にとってそれは負け戦だったということを知っているからだし、どうしたってそこに思いがいってしまうから……ただし死んだ仲間のことは思い出さないように努めるのだ、なぜならそれは無意味な悲しみの呼び声に負けて狂気に身を投じることに他ならないから、そんな狂気にとらわれて、地雷だらけの草原に駆け出していったり、自分のこめかみに銃口を当てたりする奴がいるということを、実際、彼らは目撃していた、だがそんな彼ら自身、戦闘前に恐怖でズボンを濡らしてしまうことだってある、そんなとき、太ももに感じる生温かさが、彼らを子供時代に、おしっこでシーツを濡らしてしまった恥ずかしくも甘美な夜の記憶に引き戻すのだ……

そうしたこと、彼らには何もかもわかっていたけれど、それを口にするものは誰もいない、凍りついた鼻ではどのみち、服を濡らす尿の匂いを区別することすらできないのだ……彼らが唯一口にできるのは「以前」に属する言葉……前にさ、母さんたちに頼まれてパン屋んところにパンを焼いてもらいに行った時のこと、覚えてる？　パン屋の親父、かまどの火の熱さで顔が真っ赤になってさ、だから俺たち、悪魔のとこに行くんだ、とか言ってたよね……その時の状況が頭の中でパッと明るく蘇《よみがえ》って、目の前のキャンプの炎がかすんでしまう、蜃気《しんき》楼《ろう》みたいにくっきり見えるのに捕まえることができない、そんな「以前」の記憶……彼らがもう一つ口にする言葉、それは「この後」に属する言葉……戦争の後にはさ、羊の肩肉を食ってやるんだ……、飢えに苦しむ兵士たちは、戦闘の直前、そんなふうに肉のローストが無性に食べたくなったりする……戦闘の直前、それはジャコブにとっては、たとえば靴の中でかじかんだ足に血を通わそうと指にぎゅっと力を入れてみるような時のこと、あるいは、次の木まで何歩でいけるか数えているような時のこと、もし歩数が偶数ならば敵の砲弾から逃れられる、もし奇数だったら、やられる、自分にそんな願掛けをするのだ……いぃち、にぃ、さぁん、と順に数えながら、偶数でたどり着けるようにズルすることもある、大股にしたり、歩調を緩めたりして歩数を調整するのだ、よし、今回もまたついてるかもしれないぞ、よぉん、ごぉ……枯葉やキノコの匂いを放つヴォージュの森の静けさの中、ジャコブは取り憑かれたように歩数を数える。

一

数メートル先で、誰かの体が吹っ飛んだ、見事に真っ二つ……一方には粉々になった脚、反対側には胴体、黒焦げの顔は不意打ち食らって驚いたところで不動の仮面と化していた……他にも地雷が次々と爆破し、兵士たちの叫び声と、彼らを狙った銃弾の音とが交錯する……身をかがめて駆ける、撃つ、本能だけを頼りに……アラーの他に神はなし、銃に装塡しながらウアベッサラムがそう唱えると、他のムスリム兵たちも口々に、アラーの他に神はなし、と後を追う、残りの兵士たちもそれぞれ、自分たちの神や母親の名を唱える、ある者は子供時代の言葉で、ある者は祈禱《きとう》の言葉で。ジャコブは飛び抜けて太いブナの木に目をつけ、そこに身を隠して銃弾がどこから飛んでくるのかを見極めようとする、あ、あそこにドイツ兵、と一発見舞う、もう一人、小さい太っちょがあそこに、ともう一発、弾を食らってそいつは後退し、おきあがりこぼしのようによろめく、さらに五人、さらに十人、と射ち倒したところで銃が突然、壊れて動かなくなる、銃の撃針を狂ったように引っ張ってみるが、全然ダメだ……先ほどの黒焦げになった兵士の胴体の方ににじり寄って行って、そこから銃をもぎ取り、ベルトの弾入れをまさぐって銃弾を摑む、ジャコブの指は震えている、周りではビュンビュンと銃弾の音が飛び交い、たった今もぎ取って来た新しい銃は血だらけ、ジャコブの手も血だらけだが、少なくともこれは自動小銃だ、銃弾の無駄遣いになろうが知るもんか、ジャコブはドイツ兵たちに正面から銃弾を浴びせかける、その一人一人がルイーズの耳を切った奴に見えてくる、間違いない、ここで今、自分を殺そうとしている男たち、その中の誰かがルイーズの耳をやった奴だったに違いない、くそっ、やられてなるものか……ボナン、さっきの黒焦げ、あれはボナンだった、気弱で痩せっぽちのボナン、それでも精一杯、タフに振る舞ってたよ、母さんからの小包を気前よくみんなに分けてくれたよな、バターサブレにチーズとかさ、ブランデー漬けのチェリーが来た時はみんな大喜びだった、砂糖とアルコールとさくらんぼの味が一緒くたになって口の中ではじけて、生き返ったようだった、ああ、なんてことだ、神様、どうか助けてください、ちゃんと殺せますように、死にませんように……。援軍がやってくる、少し南の方ですでに顔を合わせたことのあるモロッコの狙撃兵たちだ、ドイツ軍は後退しながら攻撃してくる、死者と負傷者の数が数えられるが、散乱した人体は汚らしく焦げ付いたボロ布さながら、これが自分たちの仲間だったなんてことがあり得るだろうか。腕に銃弾を受けたウアベッサラムが叫んでいる、触るな、俺に触るな。兵士たちはアラビア語でうめき声を上げている、衛生隊員が兵士たちの言っていることを理解できるようにと、ジャコブは通訳してやる、仲間を励まし、そのひたいを撫でてやる、大丈夫だよ、兄弟、絶対助かるよ……ジャコブは吐き気をもよおし、泣きたくなる、奇跡が起こってブナの木々の合間に穴が現れたならば、そこに隠れてしまいたい、ジャコブから兵士という衣を剝ぎ取り、静かな生へと導いてくれる、そんな穴が現れてくれたのならば、退屈な冬の夜ですら素敵に思えるかもしれない……だが罠にかかった獲物さながら、ジャコブはこの森から逃れることができないのだ。鼻水で顔をぐちゃぐちゃにし、ジャコブはそこにあった木を何度か蹴っ飛ばす、朽ちた落ち葉の折り重なった黒い大地の上、ボナンの胴体の前に膝をつく、そうしてようやく、嘔吐する。

彼らはなおも前進を続ける。ジャコブは先ほど来、自分に取り付いて離れない恐怖を振り払うために、アタリとやたら饒舌にしゃべり続けている。ボナンの死体、あれはまさしく彼らの周りに死が忍び寄っていることの証、あの忌まわしい映像やこんな恐ろしい考えをなんとか追っ払うためにジャコブは言葉をどんどんつなげる、単語と単語の間に隙間を作ってはいけない、ちょっとでも間を置こうものなら、パニックというやつはそこからするりと入り込んでしまうのだから。ジャコブとアタリはいつものお気に入りの話題に舞い戻る……たくさんやっつけたよな、勝利は近いぞ、その後はお前、何する？　僕？　僕は国に帰ったら母さんにハグして、リュメル川に泳ぎに行くんだ、で、それからブレッシュ広場でアニス酒をいっぱい引っ掛けてさ、もちろんとびきり美味しいケミア＊と一緒にね、故郷の美味しいもの、食べまくるんだ、こっち来てて逃しちゃったお祝いのご馳走も全部食べるんだ、えーっと、まずロッシュ・ハシャナ＊＊だろ、もう一ヶ月前かな、それからヨム・キプール＊＊＊と、シャヴオット＊＊＊＊と、あっちじゃ、みんなでさぞかし美味しく頬張ったんだろうなあ、シャヴオットっていうと母さんは肉団子入りのご飯を作るんだよな、グリーンピースとアーティチョークも入ってるやつ、僕は必ずそれを二皿食べるのさ、そういう伝統なんだ、とジャコブ……僕も同じだな、何日間も昼夜なく食べまくるんだ、ハマム風呂にも行くかな、それから、いとこのハンナに結婚を申し込む、とアタリ、なあ、お前はどうすんの？　もう誰と結婚するか決めてんの？　まず女の子全員と知り合ってからその中で一人選ぶさ、とジャコブは胸を張る。でもそれは嘘だ、ジャコブはルイーズのことしか頭にないからだ、なのにジャコブが知っているのはファーストネームだけ、レアと呼ばれたがっていたけれどレアよりはルイーズの方が彼女に合っている気がする、しかし母さんは耳をちょん切られた女性と息子が一緒になるなんて嫌がるだろうな……そこまで思いを巡らせたところでジャコブは突然、自分の殻に閉じこもる……アタリの声ももう耳に入らない、心の中で母親の影を封じ込め、代わりに柳腰の若い女性に語りかける、ルイーズ、今日、たくさんのドイツ兵を殺した、気の毒だなんてこれっぽっちも思わなかった、生き残るのは彼らか僕、彼らか君、だから撃ち殺したんだ、一人、また一人と、死に際の彼らの顔を見てはまた、すぐに忘れていった……それも当然だ、愛する者の顔ですら、それを覚えているためには今や相当の努力が必要なのだから。

ブルンハウプトの近くで休止だ、と指令を出しざま、軍曹は自分の隊列の方を振り返る。死んでしまった兵士たちの場所は空白のままでなく、モロッコの狙撃兵たちが埋めてくれている、ドイツ軍が後退しているブルンハウプトに、さあ、我が軍は側面攻撃を仕掛けるのだ。

キャンプを張ると、兵士たちはコーヒーをがぶ飲みしたが、それで眠れなくなるなどという

＊（125頁）北アフリカのマグレブ諸国で食前酒と共に供される前菜の総称。オリーブ、炒ったアーモンド、メルゲーズ（羊肉か牛肉の辛いソーセージ）、クミン入り人参サラダ、シャクシューカ（トマトソースと玉子の料理）などから成る。

＊＊（125頁）ユダヤ教の新年。ユダヤ暦の七月初日から始まる十日間を指し、太陽暦の九月か十月にあたる時期。

＊＊＊（125頁）ユダヤ教で最も重要とされる祭日。新年から数えて十日目にあたり、前日の日没から当日の日没までの断食をはさむ祝いの宴は家族友人の集いであると同時に、前年の罪を償い、心を清める意味があるとされる。

＊＊＊＊（125頁）ユダヤ教の祭日。脱エジプト（奴隷状態からの解放）を祝う過越《すぎこし》の祭（パスオーバー）から数えて七週目にあたり、エジプト脱出後の初めての収穫、またユダヤの民に律法が授けられたことを同時に祝う。

こともない。フランス軍の頭上にもドイツ軍の頭上にも、季節には少し早い雪が舞い降りてくる……明日が来なければいいのに、そうしたら戦わなくて済むのに、早いとこ、こんなこと終わって自分のベッドや普通の暮らしに戻りたいのに、と思っている者たちすべての頭上に雪が舞い降りる……そんな彼らも、だが、実のところは観念しているのだ、明日も、来週も、ひと月後も、生き抜くために、フランスを解放するために、ヨーロッパを解放するために殺し続けねばならぬということを……寒さに震えながら徒歩で移動するには、しかしそれはまた、なんと広大な地域であることだろうか。ジャコブは、ボナンが死んでしまったにもかかわらず、今夜だけはとにかく眠りたいと思う、恐怖を叫ぶその黒焦げの顔、一人の人間が肉片に変わり果てたその姿はジャコブに強い衝撃をもたらしたが、同時に、それはもはやボナンではない何物かなのだという考えも頭をかすめたのだった……ボナンは死んだんじゃない、ただ、姿を消しただけなんだ、ひょっとしたら医務班のところでウアベッサラムの隣に横たわってるかもしれないんだ、そんなふうに考えることもできるんじゃないか……そのウアベッサラムが歯を食いしばり、腕から銃弾を抜き取ってもらっているまさにその時刻、ジャコブはちょうど眠りという名の避難所に、なんとか身を憩わせたところなのであった。

夜明けの冷たい光が岩肌を撫で、そののっぺりとした表面をキラキラさせた後、今度はゆっくりと洞窟の方へと広がってその入り口をひと舐めするが、穴の中にまで侵入することはできない。洞窟の中は永遠の闇、漆黒の冷たい地面、川からのか細い支流がひたひたと流れている……太陽で吊り橋のケーブルが白熱し、そこを渡ろうとする者がひどい目にあう夏の盛りでも、そこはひんやりと涼しいのだ。しかしそこから吊り橋に通じる道は一つもない、素手で岩を登り、ようやく頂上にたどり着いて初めて、こちらから向こう側へ、病院の側から町の側へと渡ることができるのだ、だが、そこまでの道がないのになぜ、橋までよじ登ることにこだわる必要があるのか、洞窟に入ればいいだけのことじゃないか、何万年にもわたり、川の水が辛抱強く浸食してできた洞窟、とはいえ川の水にとっては、流れゆく時間など、どうでもいいこと、川の水それ自体が時間なのだから、橋が自分の上をまたいでいくなど、ちゃんちゃらおかしいことだろう、橋は出発点と帰着点の間を絶えず行き来しなくてはならない人間のためにのみ、そこにある、そしてその行き来は、十分で終わることもあれば、一生かかることだってある。ジャコブは岩登りに取り掛かるため、頭をのけぞらせるけれど、影のようなものに視界が遮られる、なんの影なのか確かめようとしてもよくわからない、きっと老化のせいで目の前に茶色い斑点が映るんだ、と思う、だが、その時、何かが自分の髪をさっとかすめ、ああそうか、

一

と合点がいく、それはジャコブの頭上で黒い影を丸く描きながら飛んでいる鳥のせいなのだった。岩のくぼみを足場にし、コブにつかまる、そんなふうに岩壁に挑んでもっと上へ、もっと上へと体を伸ばしていくのがジャコブは好きなのだけれど、いつもの身軽さはどこかへ行ってしまって、自分が重たく感じられる、もう何時間も登り続けている気がして、さて、どのくらい登ったのだろうかと下を見れば、たった数メートル、これじゃあ到底、頂上までなんか辿りつけやしない、と力が抜け、もう諦めようかと思う、どのみち橋を渡らずとも、ただ川を上流に泳いで行けば、あったかい湧き水のプールがあるところまで行けるのだから、そこで至福の泉に身を浸すことができるのだから……だが、恐ろしい強迫観念がジャコブに有無をいわせず命ずるのだ、さあ、天と地の間、切り立つ崖と崖の間にぶら下がるあの橋に何が何でもたどり着け、それもよりによって、金属の橋板に亀裂が入っているまさにその箇所へたどり着け、と。目が眩んでいるのは太陽の光のせいだろう、とジャコブが思っている間に、橋は真綿にくるまれたような静けさの中で二つに裂け、吊り橋のケーブルが絹の糸のようにゆっくりと外れる、空が大きく開いて鳥たちにおいでおいでをすると、鳥たちは反対側の地平線の方へ、黒い筋をつけながら消えていく。そうか、この鳥たちの仕業《しわざ》なんだ、とジャコブはつぶやく、この鳥たちが、ケーブルを嘴《くちばし》でつついて引きちぎったのだ。目に見えない重しに押し潰され、岩壁をずるずると滑り落ちていくジャコブの手はすり傷だらけになり、それをむさぼるように舐めていると血のいやな味が喉奥まで広がってくる、川底は空っぽに干からび、川だったところにはかさぶたのような長い痕跡があるばかり、ひび割れた土に小石のあばたが連なる帯、そんな姿に成り果てて。

一

雪の上をピョンピョンと跳ねていくツグミにジャコブの目は釘付けになっているが、びっくりしているのはどうやらツグミの方も同じらしい、何しろスンドガウの丘にこんなに早く積雪を見るなど、普通はないことなのだ。心配そうに仲間を探しているツグミを慰めようと、ジャコブは静かに口笛を吹いてやる、大丈夫だよ、ルイーズ、きっと仲間は見つかるさ。トラウバッハは、次に向かうミュルーズ──そこで彼らは第一機甲師団に援軍として合流することになるのだが──での解放戦に比べれば、まったく取るに足らない前哨戦だ。村の入り口にドイツ軍の陣地が二箇所あるのを見て、軍曹は指を口に当て、部隊を右側に六人、左側に六人の二つに分ける指示を出す。アタリと、負傷にもかかわらず戦闘可とされたウアベッサラムの二人はジャコブと同じ班だ。祖国のアハガールの時以来、ずっと一緒の三人は、彼らの人生に戦争の前という時間があったことを互いに思い出させてくれる存在だ。木の幹の陰に身を潜めながら前進し、最後の数メートルは敵に悟られずに奇襲攻撃ができるよう、雪の中をはって進む。目の前の中庭に空っぽのウサギ小屋があるのにジャコブは気づいたが、窓から一人の子供がこっちに向かって手を挙げるではないか、しーっ、静かに、何も言うなよ……子供の後ろに人影が見えたかと思うと、急いで子供を部屋の奥へと連れ戻し、鎧戸を閉める。機関銃を手にしたドイツ兵がその音のする方へ振り向き、もう一人のドイツ兵がババンと銃を発砲したところで突撃開始、ジャコブとその仲間たちは手榴弾の安全ピンを外し、敵の砂袋の後ろに向けて放ち、二番目の班もそれにならうと、ドイツ兵の機関銃の音が止む、まさかこんな簡単に村ひとつ攻略できるなどということはあり得ない。兵士たちはさらにゆっくりと前進しながら、右へ左へと銃を向け、再び降り出した雪に視界を邪魔されぬよう目を細める。犬が吠え、誰かがその方向に発砲すると、激しく容赦ない一斉射撃が四方八方から彼らに襲いかかってきた、そこらの家々の中に潜んでいたドイツ兵たちが、ジビエでも相手にするように彼らを次々と撃ち倒す、アタリはパン屋の壁のくぼみに身を隠して弾がどこから飛んでくるのか見極めようとするが、あとほんの少しというところで背中に弾を受け、その衝撃でよろめいたところ、二発目が首を貫通。アタリィィッ、と叫んだジャコブが物陰までその体をひきずっていく間、ウアベッサラムは援護射撃。アタリの体を支えながら、ジャコブは傷口に自分の手を押さえつけて、どくどくとこっちへめがけて吹き出してくる血をせき止めようとするが、噴水のようなその血は一人の男の命そのものだ。アタリ、聞こえるか？　アタリの真っ青な唇がかすかに動くが、声は出ない代わりに顔がひきつり、新生児がそうして見せるように、その顔はすべてを、混乱、怒り、喜び、いたずら心、恐怖、といったすべての心の内を物語るのだった、ジャコブは何度もその名前を呼ぶが、もう反応はない。

＊

聞け、おお、イスラエルよ、主は永遠なり、主はただ一人の主なり……。

人が死ぬ瞬間、それは果てしなく短い一瞬なのだ、ということをジャコブは朦朧《もうろう》とする意識の中で思っている。

＊旧約聖書の申命記六章四節と民数記十五章三十七節〜四十一節に記されるこの言葉はユダヤ教の中心的な祈りの文句。

一

今晩は本物のベッドで眠ることになる。トラウバッハの村人たちが兵士たちを泊めてくれることになったのだ……昨日はドイツ兵に接収されましたがね、そのわしらの家を、今日はお前さんたちに提供できるってわけで……。村人たちは嬉しそうだけれど、それを受けて無理して微笑み、ホッとしている彼らに調子を合わせようとする兵士たちは実のところ疲労困憊、そのコントラストが際立つが、行軍の途上にあるここの人にとって戦争はとりあえず終わったのに対し、兵士たちはさらに戦争を続行し、最後の砦まで攻め続けなければならないのだから無理もない。兵士たちに温かい食事が振る舞われる、それは素晴らしいソースのからまった信じられないほど柔らかい肉だ、これ、羊肉ですか、とジャコブが訊くと、いや、豚ですよ、つい先ほど、兵隊さんたちのために特別に屠《ほふ》ったんですよ、と家の主が答える。ジャコブとウアベッサラムはそっと視線を交わす。皿を突き返すようなことをして、髪をシニヨンにまとめ、上機嫌でご馳走してくれているこの小太りの女性の気を悪くさせたら大変だ。二人はシチューをスプーンですくい、でも肉を噛まずになんとか飲み込み、代々のご先祖以来、自分たちは聖なる規則を破る最初の人間に違いないということは考えないようにするのだが、そのうち、気が進まなかったこともすっかり忘れ、とろける肉に思い切りかぶりつくようになり、そもそもこんな美味しいものが禁止されていることに逆に驚いているのである。

清潔なタオル、温かいお湯、白い石鹸、長いこと、そうしたものとは無縁だった。困惑するほどすっかり身綺麗になった二人の寝室には二つのベッドの間の壁に十字架がでんと納まっている………二人はベッドにどさりと倒れ込み、天井を凝視している。ボナンの名もアタリの名も彼らは口にすることができない、そして自分たちもみな死んでしまうのだろうということも………そうして呑み込まれた言葉たちが部屋の空気を重くする。突然、ウアベッサラムが起き上がり、床にタオルを敷いてひれ伏すとアラビア語で祈りを唱え始める。ジャコブはそちらを見るのはなんとなくはばかられるが、かといって部屋から出て行くべきかどうかも決めかねている………彼も祈りを唱えるべきところなのだろうが、アルヴィット（それはユダヤ教の夜の祈りの名前だ）は暗記していないし、うろ覚えの断片はその言葉の意味もわからない。対するウアベッサラムは、少なくとも自分が理解できる言葉で神に語りかけられるのだ………。先ほどアタリが唾液を垂らし始めたときは、自分を超える力強い何かが働いて咄嗟《とっさ》にシェマーの祈り*が口をついて出てきた上に、戦友のまぶたを閉じてやることさえできたが、その時の生温かさの感触と皮膚の思いがけない薄さは、ジャコブをさらなる恐怖で満たしたのだった。ウアベ

*ユダヤ教における中心的な祈り。「聞け、おお、イスラエルよ」（申命記）に始まる唯一神信仰の表明とされる祈りで、朝夕に唱えられる。

一

ッサラムは今、祈りながら目をつむっているけれど、その目はいずれ開く。生き残っているのはもはや二人だけで、それぞれが相手に対して御しがたい嫌悪の気持ちを覚えている、というのも、どうしたって相手は自分よりも長く生きながらえるような気がするから、そしてそれに対しこの僕、ジャコブ、またはこの俺、ウアベッサラムこそはフランスのために朽ち果てる死者の名簿で、きっと次、または次の次に順番が回ってくるはずだとしか思えないでいるからだ。

祈りを終えたウアベッサラムはタオルをたたみ、頭を抱え込んでいるジャコブに近寄る。その肩に、自分の手を優しく置いて、お前、祈りの仕方、知らないのか、と尋ねる。うん、少ししか、それに唱える言葉の意味がわからないんだ、とジャコブ。それでもいいから祈った方がいい、燃えたぎる気持ちが少しは落ち着くと思うよ。ジャコブは首を横に振るが、ウアベッサラムは諦めない。じゃあさ、歌うといいよ、もうずいぶん長いこと、お前の歌声、聞いてないもの、そう言われてジャコブはウアベッサラムの顔に改めて目をやる。実のところウアベッサラムは実家の真向かいの食品店の主人を連想させたし、そのずんぐりした体軀といい、狭い額といい、なんとなくいつも不機嫌そうにしている感じといい、コンスタンティーヌのアラブ人に典型的な外観だったにもかかわらず、彼に馴染むのにはずいぶん時間がかかったのだった……アタリやボナンの方がずっと親近感を抱きやすい相手だった……そう思い返したところで二人の記憶が蘇ってジャコブは胸が締め付けられる。おい、泣くのか歌うのか、どっちなんだ、メルキよぉ、お前、悲しみ詰め込みすぎなんだよ。俺を見ろよ、俺は息子のために祈ったんだ、息子が大きくなっていくのがちゃんと見られますように、息子がまっすぐな人間になれますようにってな、だからお前だってさ、祈る理由なんてなんとでもつくりゃあいいんだ。

ほっといてくれ、とジャコブ。

一

眠っている時、呼吸の合間にかなり長くウアベッサラムの息が止まるのは相変わらずで、結局、戦争だからって人一人がまったく違ってしまうというわけではないらしい。先ほど、あんなふうに邪険にしたことが悔やまれ、ジャコブはウアベッサラムを揺すり起こしてすぐにでも謝りたい、そして今、キルシュ酒のグラスを前にこの家の白髪シニヨンの女主人に話していることを彼にも聞かせてやりたいという思いをぐっとこらえている。その女主人もまたその夜は眠れずにいて、それは解放後、最初の晩というせいもあって頭の中で色々な思いがぐるぐる回っているからなのだけれど、それに加え、そもそも、こんな濃い肌色をした兵士たちと同じ屋根の下、ということ自体に実は不安もあったからで、二人のアラブ人がこんなふうに戦争に加わっているのは金目当てなのに違いない、だがそれにしては案外、礼儀正しくて、家に入る前にずいぶん丁寧に時間かけて靴の泥をぬぐっていたよ、だから浅黒い肌の兵士たちについての人の噂、あの手の兵士というのは盗んだり、強姦したりするぞ、というような噂を忘れなくっちゃ、と自分に言い聞かせたのだ……そう、あれは酪農家のおかみさんが言ったんだった、ブールカンブレスに住むいとこが近所で聞いてきた話だとかいうんだけれど、そのご近所さんて人の妹だかがイタリア人で……などと考えれば考えるほど、冷たいシーツにくるまって目が冴えてしまっていたら、その時、聞こえたのだ、食堂で足音がするのが……勇気を奮い起こして灯りをつければ、そこには若い方の兵士がコンロの近くでぽつねんと座っているのだった……その右手はしっかりと何かを握り締めているけれど、もしやあたしの指輪だろうか、いや、そんなはずないね、だって指輪は全部、あたしの手にはまってるもの、ってことはさては砂糖壺に隠しといた現金を見つけたのに違いない。ハーブティーを入れますけど飲まれますか、と尋ねると、若い兵士は丁重に断ったが、ともかく湯を沸かしにかかり、そっと砂糖壺の中に手を突っ込むとそこにお金はちゃんと入ったままだった、つまりこの子は何も盗っちゃいなかった、とホッとして彼の方に向き直って微笑みかけたちょうどその時、彼が泣いていることに女主人は気づいたのだった。

こっちへおいで、さあ、あたしと一緒にテーブルにおかけ、彼女はジャコブに声をかけ、そしてキルシュ酒の瓶を取り出した……ハーブティーはまあともかく、酒の一杯を断るってことはあるまいよ……。

ジャコブはただ従った、そう、従った、という言葉がこの場合まさに正しくて、というのもジャコブは誰か、できれば女の人にもう何もかも任せてしまいたかったからで、この女性、マリーズ、というのだが、幅広の赤ら顔に白髪シニヨン、毛糸の寝間着姿のこの女性は頼れそうな人、という感じがしたのだった。マリーズと向き合う形で腰をかけ、拳を緩めて中に握りしめていたアタリの名札を親指と人差し指で挟み持つと、ジャコブは話した、話し続けた、今日、死んでしまった仲間のこと、二週間前に死んでしまった別の仲間のこと……上陸して以来、何人の仲間が死んだかなんて数えていませんけど、数十人、いや、数百人かな、で、誰かが死ぬたびに自分に言い聞かせたんです、知らない人じゃないか、どんな人かも知らないし、どんな声だったかも知らない、どこで生まれたのか、何が好きだったのか、子供の時、どんなものが怖かったのか、戦争が終わったら何をしたいと思っていたのか、とか、何も知らないってことは、つまりその彼が存在しないも同然じゃないか、と。なんとか前進してこられたのは、それでも仲間がいたからで、アタリとウアベッサラムとボナン、それに僕、六月二十二日以来、ずっと一緒でもうほとんど家族みたいだったから、だからボナンが死んだ時、アタリが死んだ時は、それまでの他の人の時とは全然、意味が違ったんです、なんていうか、いとことか、弟が死んじゃったような感じで、自分たちの一部が生きることから脱落しちゃったようなといったらいいのか。ボナンは僕より少し年上で、なのにいつも僕のことを兄貴のように頼ってくれて、だって戦場ではどっちが年上とか年下とか関係ないですからね、で、ボナンは戦闘中はいつも僕の近くにいて、銃撃戦がピタッと止んだときなんかに僕の方に目配せするんです、ね、今回も僕、弾と弾の間を無事すり抜けたよって言ってるみたいに。先月、僕の手がかじかんで凍えてしまったときには、これ、どうせ自分には小さすぎるからって言い訳するようにして手袋を貸してくれたんですけど、その言い訳が本当なのか僕は確かめなかった、贈り物されて、結構です、必要ないですっていう例の丁重なお断りっていうの、僕はその時、しませんでした。何しろ、手がかじかんで使い物にならなかったんですよ、もう銃を撃つこともできないんじゃないかってすごく不安で、だって銃が使えない兵士なんて、狼の群れを前にして麻痺して固まっちゃってる役立たずも同然ですからね、でもボナンはきっと手が冷たかったんだ、だからあの日、森の中で、この戦、さっさと片付けちまおうって気が急いたに違いないんです、そうすれば次のキャンプ地について、あったかい火に手をかざせますからね、そんなふうにして彼は死んでしまった、僕に手袋を貸してくれたばっかりに死んでしまったんです。

……もう頭がおかしくなりそうなんです、熱にうなされた時みたいに、いろいろな考えが湧いてきて、僕が会わない間に両親が死んでしまうとか、あ、僕の親は年いってるんですよ、遅くなってからの子だったので、えっと、いま、父は六十四、母は六十ですけど、死んだっておかしくない年でしょう、なのに僕はここで身動きがとれなくて、家に帰ることもできないし、もう二度と帰れないんだって言う奴もいます、まだまだドイツ兵を殺さなくてはいけない、全員殺さなくっちゃいけない、最後の一人に至るまでって、そんなふうに言われたら、もう脱走したくもなります……仲間のハダッドがしたみたいにね、彼はアルジェの港で船から海に飛び込んだんですけど、彼みたいに僕も脱走して、海を泳いでフィリップヴィルまで渡り、で、やっとコンスタンティーヌについたら、あの吊り橋に直行です、おそらく世界一の吊り橋ですよ、フランスに来て以来、あそこまで高い吊り橋は見たことありませんから。ところがですよ、せっかくコンスタンティーヌにたどり着いたというのに、その橋がないんです、切り立った岩が怒ったように互いに向かい合って聳え立っているだけで、その間には何もないんです、刺すように熱くて乾いた空気があるだけ。

……この辺りの景色は寒々としていて、学校で習ったカンパーニュ《田舎》っていう言葉はこれのことなのかなって……谷間とか干し草とか教会とかの絵なんかを見ながら習ったんですよ、カンパーニュって言葉、でも僕の故郷、そこはカンパーニュじゃなくってモンターニュ《山》なんです、むき出しの岩と、街を囲むようにして流れる川、その川には六つの橋がかかってるんですけど、僕ら、日常に目眩の感覚があるっていうか、目眩をいつも待ち伏せしてて、なのにそこから逃げようとする、そんな怖いもの見たさのゲームみたいな、で、その始まりが例の吊り橋越えの初体験なんですね、そういえば、その橋の別名、目眩の歩道橋っていうんですよ、そこを初めて渡った時の感覚といったら、決して忘れられるもんじゃありません、ところが、そんな熱にうなされたような幻覚の中で、その橋が消えてなくなってるわけですよ、仕方ないから他の方法で街に向かおうとするんですね、もっと時間がかかりますけど、見知った道を探してね、ああ何も変わってない、そう思う一方で、でも何一つ見覚えがないような、周りには人がたくさんいるのに僕はまるで透明人間になったみたい、というか、僕を目にした人たちは腫れ物に触るようにして、さあっと離れていくんです。

……ともあれ、なんとか家の階段の入り口のところに帰ってくると、ベランダに母がいるので、手を振るんですが、答えてくれないんです。母さん、と呼ぶんだけれど、母さん、僕だよ、戻ってきたんだよ、と言っても、聞こえない、あるいは僕のことがわからないんです。そこで僕にはわかるんです、ああ、みんな僕のことを忘れてしまったんだ、と……だから階段を上っていくわけにもいかないし、玄関のドアをノックしても意味がない、だって母は僕のことが誰かわからないんですから、となると、もう僕はそこから去っていくしかない、もうずっとひとりぼっちで子供を持つようなこともなく、誰一人、僕のことは覚えていない、僕の名を呼んでくれる人もいない、ジャコブはドーナツが好きだったねえなどと言ってくれる人もいない、あ、そのドーナツのこと、向こうの言葉でスフェリエットっていうんですよ、変な言葉でしょう、小さかった時、これが僕、上手く言えなくて「フェット《お祭り》」って言ってたそうなんです、もちろんあっちではとても一般的な単語なんですけど、でも今、ここでこの言葉を口にすると、なんだかそんなものはもともと存在してなかったような気がしてきます。この言葉が通じるのは、僕たちの班ではアタリしかいなくって、でも奴も死んでしまいました、だからもう僕以外の誰も、それがどんな味なのかわかんないんです。母はそれを砂糖のシロップに浸すんです、で、全部浸し終わったら、残りのシロップをね、僕がボウルから直《じか》に飲んじゃっても、母はそのままさせてくれるんです、僕、ラッキーですよね、何しろ末っ子で、最年少っていうのは得なポジションでしょう、何してても怒られなくて、いや本当ですよ、でも、ここじゃあそういうわけにはいかない、なぜって、ここじゃあ僕は誰の子でもないわけだし、僕のことをジャコブなんて呼ぶ人はいなくって、僕はここではメルキ、または兵士メルキ、でなけりゃ登録番号の45　93　001073で呼ばれるんですから。

あんた、ジャコブっていうのかい？　とマリーズが尋ねる、はい、そうです。じゃあユダヤ人かい？　はい。

マリーズは、憐れむように、と同時におっかないものでも見るようにして、ジャコブの顔を凝視する。

なぜ、そんなふうに僕を見るんです？

マリーズはかぶりを振るばかり。マリーズがユダヤ人、と口にした時、そのたった一言が、なぜあんなに恐ろしげに聞こえたのか、それを尋ねたくても、どう尋ねていいか、ジャコブにはわからない、ここでユダヤ人たちは何をされたのだろう、アルジェリアでそうだったように、まず学校から締め出されたとして、ではそのあとは？　ジャコブは指先の名札を見つめながら、アタリもユダヤ人でした、と言う、でもボナンは違いました、二人が亡くなって悲しくてしょうがないんです、二人のことに恋しい、いや、そうじゃなくって二人のことが恋しいって言わなくちゃいけないですよね、でも僕の母ってそんなふうに話すんです、義姉のマドレーヌもそう、マドレーヌはチュニジア出身で、僕の兄と結婚するために向こうに家族を置いてきたんですけど、やっぱりアルジェリアでは幸せじゃないんだと思う、お祭りのたびに、台所で故郷のご馳走を料理しながら泣くんです、ソーセージと米、それにミントとコリアンダーが入ってる料理の匂いを嗅ぎながら言うんです、家族に恋しいよって……僕、また家族のみんなに会うことが叶《かな》うでしょうか。

マリーズは、答える代わりにうん、うんと首を振り、キルシュ酒をもう一杯、並々と注いだグラスをジャコブに差し出す。さあ、もう少しお酒をお飲み、よく眠れるよ、眠って力をつけなきゃならんだろう。

しかし、十二月が来てタンの街の方に移動していく頃には、ジャコブはその力をこれ以上どう工面していいものやら、もうわからなくなっている。

ジャコブとウアベッサラムはピタリと並んで歩を進めていく、その周りはモロッコ兵ばかりだが、というのもアルジェリアの狙撃兵士班が司令官、軍曹を含め、ほぼ全滅してしまったため、援軍の彼らがこの班の主役になっていたからで、そんな中、僕たち、いよいよ大人の仲間入りだなんて思い込んでさ、勘違いもいいところだったよな、などと思いながら二人は歩いている。故郷の町のブレッシュ広場で、他の大人の男たちに混じってカフェに座り、カード遊びに興じている自分たちのイメージ、しかもちょっと怒ったりしている――大人というのは怒っているときはなぜか一層、重みがあって深刻な感じがするものだ――、そうだ、きっとシェイク・レイモンの音楽なんかを聞きながら、自分たちの妻のことや、世界をさまざまに彩ってくれる季節のこと、人生がひっくり返ってしまう子供の誕生という大事件、家族を揺り動かす父母の死とか、ムカつく出来事のあれこれについて思いを馳せているんだろうなあ、そんなムカつく出来事に、親の目が黒いうちには決して口にしなかったはずの封印された罵り言葉を吐き出したりしてなあ……、だが、そんな夢想ももう終わり、大人の仲間入りだなんてとんでもない勘違いだった。二人の人生は、もはや果てしなく雪の中を歩き続けることだけに凝縮され、指にはしもやけ、唇にはひび割れ、しかもこの寒風に立ち向かうには百歳の老人のように背を丸めて前進する他ないのに、さあ、もっと元気に、もっと力強く、もっと注意深く、そして向かう敵の列にはさらなる死を、と背中を押され続けるのだ。

　ジャコブはまさか自分が人を殺すことになろうとは思ってもみなかった、死といえば、それは彼にとって長いこと、ヨム・キプールの前日に、人の頭の上でぐるぐる回転させられた上で罪を吐き出させるために首を絞められるニワトリたちの身の毛もよだつ光景に直結するもので、カポラットという名のその儀式の日、ニワトリのか細く白い首から血が流れ出し、そこいらじゅうに羽根が飛び散っているのをジャコブは正視できずに目をつむるのだが、菓子を配ってまわる女たちの歓喜の叫び声が聞こえてきて、それはまさに祝祭なのだった……だが、なんだって祝祭と死とが結びつき、血をみて大喜びなどということがあり得るのか、ジャコブにとって、それはただただ恐ろしく、そこから逃げ出してどこかに隠れてしまいたいものだった……そして、当時のジャコブは、故郷から何千キロと離れた土地で、首のがっしりした青い目の男たちを自分が何十人と殺す、それも彼らへの一抹《いちまつ》の思いすら抱くことなく、自分がそんなことをしてしまえる日が来るなどとは知りもしないのだった。

……足を踏み入れたことのない遠い土地、そこには当時、まだなんの個人的記憶も刻まれていなかったけれど、その国の名はすでに黄金色の後光が射すようなイメージをジャコブに幾重にも想起させたものだった、何しろそこはウェルキンゲトリクスやダントンがナポレオンと同席しているようなところなのだ。その国フランスは歴史の本を飾っていたし、それは作家とかキャバレーの歌手とか、誰にも咎《とが》められることなくタバコを吸っている女たちの国……あの頃は確かにそう思っていたけれど、実際にジャコブが出会ったフランスはまったくの別物、とりわけこのあたりに関していえば、意味不明の言葉を話す農民たちの国なのだ……彼らの訛《なま》りは唇を擦る音が特徴的で、特にfとvの境界が曖昧だ。何年もの間、この辺りはドイツ領でフランス語で話すことが禁止されていたのだということを話してくれた女性は、はて、誰だったか、トラウバッハのマリーズだったのか、ミュルーズのキャバレーでドイツ兵の真似をして見せてみんなを大笑いさせたリュシィだったのか、あるいは、フランス軍の到着を待ちながら、ドイツ兵に見つからないように屋根裏や地下室に隠れてフランス国旗を縫っていた女たちがいた村の誰かだったか。その旗、青、白、赤の三色旗が窓枠からおずおずと掲げられるのをジャコブは見たが、同じ旗はまた、ミュルーズの映画館で目にした戦時ニュース映画*の中でもモノクロの映像ではためいているのだった。映画に映っていたアルザス解放軍の兵士とは、まさに自分たちのこと、自分たちが戦っているシーンはもちろん、見事に橋をかけて師団の通り道を確保しているところや、黒焦げになったドイツ軍の車が並んだ泥まみれの道をトラックに揺られ、あるいは徒歩で行軍しているところなどがスクリーンに映し出され、そこからカメラが寄りになって、仏軍の手に落ちたペンキの剝げたワシの国章**がアップになったりした。住民たちの眼下で繰り広げられた戦火で街は疲弊していたが、そこを兵士たちが凱旋していくとようやく占領が終わったことが実感され、そうして人々が解放を祝う、そんな映像もそこには映

＊一九四〇年から一九六九年まで、週ごとに映像付きの時事ニュースが各地の映画館で上映された。そのうち、第一期（一九四〇〜一九四二年）はドイツのウィークリーニュースのフランス語版、第二期（一九四二〜一九四四年）は戦況ニュースも加わり（ただしドイツとヴィシー政権の視点）、第三期（一九四四年夏以降）は自由フランスからの戦況報道に変わり、戦後の第四期（一九四五〜一九六九年）はフランス国内に加えマグレブ諸国でも時事ニュースが報道されていたが、テレビの普及とともに映画ニュースの歴史は幕を閉じた。

＊＊古くからあるドイツのワシの紋章「ライヒスアドラー」が、ナチス時代には鉤十字と組み合わされ、国章として用いられていた。

し出されるのだけれど、それは自分たちであって、でも自分たちでなく、ニュース映画のナレーターの声があんまり昂《たか》ぶっていくので、ジャコブは吹き出したくなるのだった。

「再度フランス領となりしヴォージュの険しき道、戦車の列がたゆまぬ前進を続けております。わずか前まで旅人の車が撫でし道に、今やキャタピラ車の要塞が爪痕を掘ってゆくのです。いよいよ東方への行軍開始であります！」………映像は、田園の中を戦車が進んでいくところ。

「敵軍粘るとあれば、すぐさま戦闘開始であります。森の戸口で、峠の出口で、機械砲が炸裂。砲爆音はモミの木々へとこだまして伝播し、丘の向こう側、アルザス平野に希望の叫びとなってとどろくのです。我も彼も進撃！　一斉攻撃の火蓋が切られました。フランス国の脇腹に刺さった最後の棘、それが一本、また一本とひき抜かれていくのであります。フランス軍はエリクールに攻撃をかけ、捕虜という名の戦利品が解放者の手に委ねられてゆきます」………映像は、道行く兵士たちの様子、両手を上げた男が一人、歩かされ、背後に兵士が一人付いている場面。

「あらゆる障害を乗り越え、さあ出発！　必要とあらば泳いででも前進あるのみ！」………映像は、バイクと小隊運搬用トラックが水深五十センチのところを進んでいく様子。

「こちらはモンベリアールからです。今まさに、新たな群集が征服者たちとそのリーダーに喝采を送っているのであります。ドイツ軍の軍服、その同じユニフォームが今や、ここモンベリアールでも捕虜服となり果てました。平野部では村が一つ、また一つと奪還されております。反撃も逃走も叶わぬドイツ軍の残兵らは、征服者の前に両手を上げて降伏しているのであります」……映像は、黒い服をまとった女が二人、村の道を急ぎ足で行きざま、数人の捕虜を囲んだ兵士たちに出くわすところ。

「解放者たちに感謝するための贈り物が地下倉庫にはまだ何かしら残っているとみえます、そして道路にはどこまでも続くカーキ色の長い縦列」……映像は、カメラ目線の村人が、酒を注いだ脚付きグラスを戦車上の兵士に差し出しているところ。

「火の粉いまだ止まず、しかしながらついに解放された当地のフランス国民たちは知っているのであります、これが最後の戦火であるということを」……映像は、鼻に白いハンカチを当てながら泣いている女性。

「敵が持ち出そうとしていた配給物資が我ら市民に支給され、この五年間というもの、こっそり隠されていた旗という旗が、あちこちの村で一斉に白日の下に舞っております。さあ、再び出発、次はミュルーズに向けて」……映像は、倒壊した建物。

「ミュルーズ、これまでも戦局の厳しさを伝える我々の声を震わせてきた拠点の一つでもあります。今回もまた、戦いは厳しいものになることでしょう。しかしながら大砲と銃が互いを補完し合うこれは最後の市街戦、何が何でもこの街を解放せねばならないのであります」

ジャコブはスクリーンにじっと見入りながら、もしかして自分が奇跡的にそこに映るかもしれない、と目を凝らしていた、二人の自分の対面と相成るそんな驚きの瞬間は結局訪れなかったけれど、映画館のその部屋で観客が総立ちで兵士たちに拍手喝采を送ってくれた時にはやはり誇らしい思いだった、そして、この戦争が終わってもコンスタンティーヌには戻らずにこの国に残るという考えがその時、頭をよぎったのだった……なんといってもこの国では見知らぬ人たちが自分を英雄視してくれるのだ、リヨンに戻ってあの小道を片っ端から訪ね回ってルイーズを探してみようか、片耳が引きちぎられた女の子などそうそういるもんじゃない、誰かがルイーズの家を知っているかもしれない、うん、そうだ、とジャコブは考えた、この国に暮らし、ちっとも体を温めてくれないひ弱な太陽の下で凍てつくばかりの、こんなんじゃない、もっと別の顔をこの地に眺めてみるのも、実際、悪くないかもしれない……。

息を呑むような空の青さ、それを受けてキラキラ輝く雪、このあたりはな、ワインがうまいんだぞ、とささやく司令官、タンの街を解放したらお前ら、味見してみるといい、飲酒ご法度の宗教の者も試したらいい、アラーの神もアルザスのワインにだけは目をつむってくださるに決まってるさ。ウアベッサラムはジャコブに笑いかけ、その朝からお腹の調子が悪かったジャ

一

コブもなんだか急に元気が湧いて来る。滅多に笑わないウアベッサラムの笑顔だからこそ、なおのこと効き目があるのだろう。その笑顔は、ウアベッサラムの心の最も深いところから立ち上ってくるような笑顔で、源泉は、遠い昔、母親の腕に抱かれていたところにまで遡る……自分が授かったのが男の子だったことに目を丸くした十八の娘は、安産とは程遠い細腰の自分が、夫に最初の子、しかも男の子を無事、捧げることができたことが誇らしく、褐色の身に黒く輝く目のついたその戦利品、大切な我が子を胸にぎゅっと抱きしめ、グルルル、コロロロロ、クルックルックルッと歌うような音を出してみては、赤子を笑わせようとしたものだった。もちろんそんなことをウアベッサラムは知るはずがないけれど、まさにそうした日々に、彼は母親をお手本に、そっくり同じ仕方で目尻にシワを寄せて笑ってみせることを習得し、以来、その笑みからこぼれ出る母譲りの陽気と人の良さがその場を暖かくするようなことが度々あり、そしてその効力がこの日もまた、ジャコブにも及んだのだろう……天を仰ぐ老人の腕のように枝をよじらせる寂しげなブドウの株に覆われた丘の方へ向かって、ジャコブはきりりと姿勢を正す。九ヶ月後のブドウ畑、柔らかな緑の葉で埋め尽くされ、果実の重みで枝をしならせ、八月の太陽に愛撫されている、そんな様子を思い浮かべようとしてみる。現時点では、しかし、タンの街を突っ切る川は凍り、その上を避難場所を求めてカモがさまよっている、そのカモが銃声に驚いて一斉に飛び立ったところでいよいよ次の戦闘の始まり、これがクリスマス前の最後の戦いでそのあとはここにとどまりコルマールへの攻撃に備えるのだと知らされている。アルザス地方のクリスマスといったら、そら、盛大なもんだぞ、と司令官は言ったけれど、そうだ、クリスマス、僕だって祝ったっていいだろう、どのみちもうフランス人も同然なんだし、とジャコブは思う、でもその前にまずはタンの街を何としても解放しなくては、今日は十二月八日、今日という日はとにかく全力で走って走ってドイツ兵をあぶり出し、撃ちまくらなくては。

しかし、撃ちまくる間も与えられず……脚が銃弾にやられ左膝が粉々になったかと思うと二つ目の銃弾が大腿動脈をぶち破りジャコブはよろめくあり得ないやられたなんてそんなはずないじゃないかどうってことないぞ崩れ落ちるジャコブから帽子が外れ雪の中でつぶれ頭には石がごつんと当たるが何くそ起き上がるんだ首の骨に突き刺す痛み焼けるようだでもなんかいい気持ちだ生温かい液体がジャコブを包みその液体がやがて全身に広がるや太陽が瞬く間に陰り目の前が暗くなるのはこれはカモの影だろうかすごく静かだけれどもうクリスマスになっちゃったのかなそれとも戦争がとうとう終わったのだろうか?

メルキがやられた、と叫ぶウアベッサラムの声はジャコブには聞こえない、自分を助けようと仲間たちがこっちにはってくるのもジャコブには見えない、彼らがジャコブを担架にのせて物陰に連れて行くと、部隊の救護士が膝に包帯を巻き、負傷したところをきつく抑える、その手はジャコブの温かい血で真っ赤になるが、ジャコブの顔は蒼白、唇は紫色でピクリともしない、そしてその若々しい顔には突如、堪え難い深刻さの相が刻みつけられるのだった。

一

二

第三アルジェリア歩兵師団の一員としてジャコブが南仏トゥーロンの北に向かっていたその年の八月十九日、故郷ではマドレーヌが病院で双子の赤ん坊を出産していた。一人目は、しかし、名前をつけてもらういとまもなく、出産中に、あるいはひょっとしてすでにその前に死んでしまっていたとのことだが、病院のスタッフはマドレーヌの目に触れないようにとその赤ん坊を素早く引っ張り出し、もう一人の方の赤ん坊を――くじ引きの残念賞でもあるかのように――彼女に差し出した……金髪、青い目の小さな人形のようなその女の子に、マドレーヌはジネットという名をつけることにした。ジャコブの不在で一人分のスペースが空いたにもかかわらず、いや、もしかするとまさにジャコブがいないせいで、家族の他の人間がラシェルには疎ましい存在となり、その結果、二十六番線通り十五番地の彼らのアパートの住み心地はいたたまれないものとなっていた。アブラハムとマドレーヌと子供たちは、そんなわけで、道を少し下った先のシュヴァリエ通り、床も貼られず土がむき出しでひどく湿った部屋に越してきていた。薄暗くて魔物の住処のようだったが、でも少なくともここでは誰にも気を使わずに済むんだし、と、マドレーヌは入居の際に何度も自分に言い聞かせ、そうすることで自分もここでいくらか息継ぎができることを願ったのだった。しかし、新学期が始まり、ファニーとガブリエルが学校へ、そしてカミーユが幼稚園に戻った後でさえも、そんな息継ぎの時間はやってこ

二

なかった、ジネットが泣いてばかりだったからである。成長するにつれ、ますます激しく泣くようになり、抱っこをしても、母親の胸に当てても、木箱のゆりかごをミシンの足踏みの上で揺らしてやっても甲斐がなかった。自分の乳がよくないか分量が足りていないせいだろうと思ったマドレーヌは、観念して渋々ながら診療所で粉ミルクを分けてもらうことにした。哺乳瓶で赤ん坊を育てるのは初めてのことだったので大いにまごつき、やはり生まれて初めて車というものに乗った時のことを思い出していたのだった。なんの労もなく、体のどこかが動いている実感もないのに前に進んでいくとは、これまたなんという驚きだったことだろう……。ジネットは相変わらず泣き止まなかった上に、嘔吐まで始まった。隣人のマリーはこれ以上我慢ならない、とばかりに、連日、ドアを力まかせに威嚇的に叩いたばかりか、時には、住人たちには「中庭」で通っていたパティオに陣取って仁王立ちになったかと思うと、次の瞬間には天に向かって万歳の姿勢で両腕を高く上げ、建物中に響く声で、マドレーヌの娘にはもううんざりだぁ、あたしの夜を台無しにしちまいやがってぇ、と叫んだりもするのだった。ファニーとカミーユはパティオに面した窓からその様子を窺《うかが》っては大笑い、かたやマドレーヌは、あの女は子供がいないもんだから自分に嫉妬してるんだ、夫と二人きりで顔突き合わせる日々にうんざりなんだろうと思いながら、自分の母や姉妹たちがそうしていたように、そして自分もまた上の子供たちには同じようにしてやったように、オリーブ油で娘の体を隅々まで、ことに関節周りはとりわけ優しく念入りにマッサージしてやるのだが、ジネットは裸の体をぐっと押されて一瞬静かになってもまたすぐに前よりもっとひどく泣き出すものだから、家族揃ってすっかりお手上げなのだった。ファニーやカミーユが抱き上げてゆらゆら揺すってやっても、ジネットは鼻を詰まらせ真っ赤になって絶叫、小さな手足をバタバタさせるばかり。ガブリエルは耳を塞いで体を前後に揺らしていたものだったが、ある日、頼む、泣きやんでくれ、頼むから、おい、泣き止め、と、最初はささやくように、やがてだんだんと命令口調で唱えながらジネットを揺さぶっているところをマドレーヌに見つかってしまう、そして大家のアッタル夫人、普段から優しく陽気な感じで、決して家賃の取り立てを急いだりしない人なのだが、その彼女でさえ、とうとうマドレーヌのところへやってきて、病院で小児科医をしている自分の義弟のところへ行くようにと勧めるのだった。

そして、引き当てた「くじ」――医者はそれを「診断」と呼ぶが――はといえば、ジネットの脳に腫瘍《しゅよう》が見つかり、アルジェで手術を受けさせなければならない、というものなのだった。もう二月になっていた、マドレーヌは子供達をラシェルに預け、アブラハムと連れ立ってアルジェに向かったが、首都に足を踏み入れるのは初めてだったし、夫と二人で旅立つのも初めてのことだった、そしてそれが最後の二人旅になろうとは知るはずもなかった。海も、白い大通りも、無数のカフェも、コンスタンティーヌよりずっと自由でエレガントな女たちの装いも、マドレーヌには何一つ目に入らなかった。その頃、バーから漏れ聞こえるようになっていたジ

二

ャズの歌も耳に入らなかったし、『シャベール大佐』『パリの秘密』『カサブランカ』『市民ケーン』などのポスターにもまるで無関心だったが、そもそもマドレーヌは映画館というものに一度も出かけたことがなかったのだ。お腹も空かず、喉も乾かず、ただただこの旅にかかるお金のことばかりが気にかかり、戻ったら一体どうやって二ヶ月分たまった家賃を払えばいいものやら、と頭を悩ませているのだった……腕に抱いたわずか六ヶ月の娘は、声を枯らして泣いているが、一体、この幼な子は引きつった小さな体のどこからこれだけの力を引き出しているのか、マドレーヌの方は疲労と不安で足取りもおぼつかず、恐怖の対象でしかない医者という人種に対する相反する思いに悩まされるばかりだったというのに。

マドレーヌの頭の中では様々な思いが陰気な色の紐のように揺れ動いていた……医者の言うことなんてどのみちこっちはちんぷんかんぷんなんだから、どうとも丸め込めるのさ、何しろ人間を眠らせちまえるんだから、その間に何されるかなどわかったもんじゃない、頭を切り開いて、その中でなんだろうと好きなことができるわけだ、実験のためにわざと人を故障させるようなことだってできるっていうじゃないか。とはいえ、医者ってのは学のある人たちだし、中にはあんまり親切に接してくれるような人もいるもんだから、こっちは涙が出てきちまうようなことだってある。そうだ、やはり彼らを信頼しよう、とマドレーヌは心を決めた。彼らはジネットを助けてくれるのだ。小さなおくるみに包まれ、担架の上で手足をバタバタさせながら手術室の方へと消えて行く娘を目で追いながら、マドレーヌはアラビア語でヤ・ラッビ・シデ、ィ、と祈りの言葉を唱えた。アブラハムは一言も発しない、医者たちの話すフランス語が滑らか過ぎて気後れしていたからだが、実際、その早口のフランス語の単語の十に一つもわかるかわからないか、頭に霧がかかって理解力が麻痺してしまったようだったのである。アルジェに来るために祝日用のスーツと帽子を身につけてきたことをアブラハムは後悔していた……白衣の医者たちの間で一人汗をかいている自分は滑稽そのものだった……しかしその医者たちもまた、手の施しようがなく、結局、一つの人命を救うのにアブラハムと同じくらいに非力なのだった……もっともアブラハムの方は、人様の命でなく自分自身の命と折り合いをつけることに対する非力なのであったけれど、とまれ、その悲報をアブラハムは無表情のまま受け取り、一杯引っ掛けずにはいられぬ気分だった、喉にも血管にも酒以外の何も感じたくなかった、酒があればほとんど一瞬にして楽になれる、それはあっという間に筋肉に作用してとろんとさせてくれるのだから。ホテルは近いのだから戻ってそこで待っているように、決して一人で外に出たりしないように、と妻に言い渡し、アブラハムはそこに彼女を置き去りにした。残されたマドレーヌは、カフェへでもどこへでもとっとと行っちまうがいいさ、そこで気が休まるんならそうすりゃいいさ、と肩をすくめる、どのみち、夫がそこにいようがいまいが、今、この瞬間、自分は世界でたった一人、そして、なぜかと問われてもわからないけれどともかく悪いのは自分、娘の死は自分のせい、何しろあの子を宿したのは自分なのだし、己れのはらわたや血を分けて作ってやったのも自分なのだから、と自らを責めるのだった……「あたしの血を分けた子」「あたしの肉を分けた子」「あたしの目」……子への愛情を表現するのにマドレーヌは愛という言葉の代わりによくそんな言い方をしたものだったが、そうした表現自体に潜む不気味な影を意識せずとも、その声にはいくらかの怒りや意地のトーンも入り混じっているのだった。子供たちはいずれも自分の胎内から出てきたわけで、つまり自分のものだ、子供たちは自分を決して裏切るまい……二人の夜のために借りていたアパートだというのに婚姻の翌日には自分をそこに一人閉じ込めてさっさと仕事に出かけちまったようなあの男と違って、来る日も来る日も自分をひとりぼっちにするあの男と違って、そして手術台の上で娘が亡くなる日ですら、また同じように自分を置き去りにするようなそんな男と違って、子供たちは決して自分を一人ぼっちにするようなことはしないはず、そうなのだ、とマドレーヌは心の奥底で改めて確信するのだった……唯一自分に残された生きる希望、それは子供たちなのだ、子供たちは自分をずっと愛し続け、慕い続けてくれるだろう、腹を痛めた五番目の子供をたった今、失くしたところだったけれど、マドレーヌはコンスタンティーヌの家族のところに残してきた他の三人の子供たちのことを思う、ガブリエル、ファニー、カミーユ……早くあの子たちの顔が見たい、もう二度と置いてきぼりになんかしないから、絶対死なせたりしないから、だから母さんを悲しませないでおくれ……。マドレーヌは病院の近くのホテルまで歩いて戻ってきたが、悲しみの重みに圧倒されていて先ほど看護婦に言われたこともほとんど聞こえていなかった……葬儀は「お仲間の共同体」が計らってくれることになっていますので、ユダヤ教もイスラム教もその辺は同じで、死者を大急ぎで葬る習わしですからね、冷え切った体は土に身を横たえない限り、魂がそこから出られないっていいますものね……ジネットの葬儀は翌日とのことだったけれど、果たして参列できるかどうかマドレーヌは心もとなかった……小さな屍衣《しい》、愛くるしい金髪のお人形を沈める墓穴、お人形にかぶさる土、ホテルの部屋でそうしたイメージを思っては顔をかきむしったせいで、すっかり消耗しきっていたからだ。

一方のアブラハムは、二月の夜の冷たい空気の中、バブ・エル・ウエド病院からカズバー《旧市街》の方に通じる道を歩いて行くのだった。カフェに入り、誰とも目を合わせずに酒を一杯注文し、すぐまた二杯目を注文した、カード遊びに興じている男たちの声も彼の耳には入らない……無口な者もいれば大声でしゃべり立てている者もいるが、いずれもそのカード遊びの流儀に各々の世界観やら人間観やらが自ずと表れている……アブラハムは巻きタバコを何本もやりながら飲み続けていたが、六杯目で切り上げて店を出た。首都アルジェはアブラハムには未知の街だったが、これを特に知りたいとも思わず、ただ歩き回るばかり、オペラ座の前を過ぎると、ブレッソン広場のキオスクでは楽隊が演奏している。アブラハムは立ち止まり、ヤシの木にもたれかかって音楽を聴くことにした……頭がフラフラして足ももういうことをきかなかったし、海の潮風に揚げた魚の匂いが混ざり、胸がむかついていた。音楽に慰めを見いだせれば、と期待したけれど、それは彼の気に入りのウードで奏でられる音楽ではなかった。コンスタンティーヌで大人気のシェイク・レイモンのマルーフ音楽*ではなく、それは弦楽器よりずっと勇ましい管楽器の音が高らかに鳴り響くファンファーレで、威風堂々たるラッパたちはアブラハムという男の、とりわけ今宵のアブラハムの対極だった。喉には先ほどのアニス酒の味が残っている、喉につっかえる言葉を流し込んでしまいたくて飲んだ酒だったが、そんな言葉をアブラハムはまさかマドレーヌの前で口にすることはできなかったし、自分の頭の中で並べてみることはおろか、ちらりとそれに触れてみることすらできなかった……さあ、お前、こっちへおいで、一緒に支え合っていこうな、二人のためにも俺、強くなるよ、残された子供たちを大切にしよう、彼らに生きるってことを見せてやらなきゃな、こんな時だからこそ、親が愛し合うことで子供たちも安心するはずだし、自分たちも人を愛したいと思えるようになるはずだもんな……妻へのそんな語りだってあり得たのだということすら、アブラハムはそもそも

*アルジェリアのコンスタンティーヌやチュニジアで人気のあったアンダルシア風アラブ音楽の伝統の系譜に連なる音楽。「マルーフ」は「伝統に忠実な」を意味するアラビア語で、ここでいう「伝統」とは、十三世紀から十五世紀、グラナダ、コルドバ、セビリアの宮廷や知識層の間で愛好された愛と神を讃える音楽の伝統を意味する。一四九二年のスペイン王国成立以降の追放政策を受け、北アフリカに逃げてきたユダヤ教徒、イスラム教徒によって伝えられた。

知らないのだった。

二人はすっかり打ちひしがれてコンスタンティーヌに戻ってきた、もっともその顔は以前と変わった様子には見えず、というのも、もうずっと前から人生の苦悩には事欠かなかったので、痛みを表す新たなシワの一つが口角に加わるということも今さらないわけだったからだが、帰路の汽車の窓からぼんやりと外を見ながら、押し黙ったまま、それぞれがまもなく寄りかかれるはずの相手――アブラハムにとっては母のラシェル、マドレーヌにとっては子供たち――との抱擁、束の間の、だが濃厚な触れ合い、誰かの腕の中で泣かせてもらえること、支えてもらえることを思っていた。

だが、二十六番線通り十五番地の三階の敷居を越えた二人がそこに見たもの、それは、床にうずくまるラシェルの姿なのだった、衣服は引きちぎられ、額は灰の跡で汚れており、その周りでは泣き女たちが、ラシェルの最も奥深いところの悲痛を射止め、その深みから引きずり出すための文句を次々と即興で唱えているのだった、そして子供たちもひどく怖気づきつつも精一杯に気を使い、周りの叫び声に呑み込まれてしまいそうなささやき声で、ばあちゃん、お水欲しい？　と尋ねたりしている。ラシェルはそれには答えない。癒しがたい懐かしさでいっぱいの昔話を一つ一つ思い出しているかのように体を左右にゆすり、マドレーヌが病院でしたのと同じ、声にならない嗚咽《おえつ》を吐き出すばかりなのだった。アブラハムとマドレーヌは凝然となる。二人がアルジェの病院から持ち帰った痛みは行き場を失い、口にすべきものではなくなった、それはざらついた大きな塊となって二人の喉に引っかかり、ついで、揃って飲み下された。二人は同時にがくりとうなだれる。何も言われなくとも、二人はことを理解したのだった。

二

ミュルーズの軍病院まで運搬するには負傷がひどすぎたため、司令官はジャコブをタンの街、ドクター・ヴォルムスの診療室に置いて行くことにしたのだったが、その診療室で一九四五年一月二十日、ジャコブの肺は弱々しく最後の息を吸い込み、そして心臓は鼓動を止めた……それはジャコブが参戦することのなかったコルマール戦、三週間にわたるコルマール戦の、ちょうど初日にあたる日であった。十二月八日以来、清潔な顔でいられるようにとジャコブのヒゲを毎日剃ってやっていたドクター・ヴォルムスの妻は、その額を最後にもう一度撫でてやってから、夫に知らせを告げに行った……こんなに若くして、故郷からこんな遠いところで死んでしまって、これ以上の不幸があるかしら、と言葉を添えながら、この若者の母親、息子の最期を見届けることも叶《かな》わないその女性に想いを馳せるのだった。ここへはモロッコの射撃兵たちと一緒に運ばれてきたのだからこの青年はきっとクリスチャンではないだろう、そう思ったけれど、医者の妻はやはり参事会教会に赴いてろうそくに火を灯し——さすれば炎の揺らめきに力を借りて青年の魂も無事天に召されることだろう——、一人、祈りの言葉を唱えるのだった。

二

十九年と七ヶ月と十日、彼は生き、その戦死の知らせが家族の元に届くのにはひと月以上かかった。そのひと月の間、ラシェルは毎日ラジオを聴き、フランス軍の前進のニュースを追っていたが、彼女が心にかけるのは何十万といる兵士の中でただ一人、ジャコブのことだけだった。そのひと月の間、ガブリエルはズボンのポケットの中で出征前に叔父にもらったツルツルの石を撫で続けていたが、例の湧き水の池に行って水切り遊びをするのを思いとどまっていたのは、水切りをせずに叔父の帰りを待つことがその無事の帰還を保証してくれると信じていたからだった。

そうして迎えたその朝、ヴェルヴェール兵舎から将校がやってきて家のドアを叩き、一緒に来た秘書の女性はラシェルの肩に手を置いた。将校は何か聞き取れないことをもごもごと呟くが、目の前の女性がそもそもフランス語を解するのか、測りかねていたのだった、次いで将校はジャコブの死亡通知書をラシェルに手渡したが、その仕草を見て、ガブリエルは金持ちが貧乏人に施し物を与える時の格好にそっくりだ、と思った……死亡通知書には「フランスのために死す」と記されており、すっかり取り乱した目つきのラシェルに向かって、マダム、あなたのご子息はフランスのために亡くなったのです、と秘書が言う。その体《からだ》は（将校は「ジャコブは」ではなく、確かに「体《からだ》は」と言った）、まだあちらにあります、というのもまだ戦闘が続いており、遺体を帰還させることができないからです、戦闘は、息子さん抜きで続いているのです、息子さんがいてもいなくても戦闘は止みません――ジャコブ抜きで戦えるんだったら、なんだって最初から招集したのさ、なんだって前線に送り込むようなことをしたのさ――、少し時間がかかりますが、その帰還の際にはお知らせしますので、とそこまで言い終えると、将校はさっと敬礼をし、踵を返した、秘書が最後にもう一度、申し訳ないという顔をラシェルに向け、そのあとに続いた。

二

将校の訪問から一ヶ月——個人的に知っているわけでもないのに、それでも将校はジャコブの戦死を知らせに出向いてくれたわけだ——、当時、フランス風を気取って「パック《復活祭》」と呼ばれ始めていた「過越の祭り《ペサハ》」のその晩の食卓には、ジャコブの席も用意された。床に置かれたガーネット色のビロードのクッションがそうで、早速そこに座りたがるカミーユにダメダメ、そこはダメだよ、とその手首をマドレーヌが引っ張る、そしてハイームはそこにいない息子のグラスにまず一番にワインを注ぎ入れた。毎年ジャコブが歌っていた詠唱箇所がやって来ると、ラシェルの頬に涙が伝い落ちる——その箇所は、その場の最年少の者が歌うしきたりで、それはマ　ニシュタナ　ハライラ　ハゼ……で始まる四つの問い、

今宵が常と異なるのはなぜ
肘をついて食べるのはなぜ
苦い草を食べるのはなぜ
種無しパンを食べるのはなぜ

その年、いつものジャコブの声に代わり、まだ声変わりしていないガブリエルの高い声が食卓に響くと、まるで聞き分けの良い素直な子供のようじゃないか、と、マドレーヌはそんな我が子を愛しく思った……逆にラシェルは、ジャコブに負けるとも劣らぬ歌い手であることを披露する孫、ヘブライ語とアラム語の言葉にうまく抑揚をつけ本当に問いかけているように、本当に答えを知りたくてたまらないように歌って見せる孫が忌々しかった、そしてカミーユは、どうしていつも男の子ばっかり、女の子はなぜ歌わせてもらえないのか、あたしだってあんなふうに質問してみたいのに、と思うのだった。ラシェルはまず一番に、無人の席の前に置かれた皿にスープをなみなみとよそった、アーティチョークとズッキーニと空豆の芳しい香りが立ち上るそのスープに、マッツォ*を割り入れ、肉の一番上等なところを盛りつけたが、パセリの風味が染み込んだとろけるようなその肉塊を、誰もがこっそり羨んだ。その皿の料理はやがて冷め切ってしまい、捨てられることになるのだったが、食べ物を粗末にするのは罪だ、と喉まで出かかった言葉をハイームは呑み込んだ。一方、マドレーヌは、玄関の脇についた自分とラシェルの血の手形を見つめていた……それは二人が過越の祭用の羊肉の血に浸した手を壁に押しつけたものだったが、こうしてつけた手形は「最初に生まれる初子**」を死から守るものだとされているのだった。二人の女たちはこれまで毎年、このしきたりを忠実に守ってきた、そうすることで家を、なかんずく子供たちを不幸から守れると信じてきたからだが、ならばなぜ、ジネットはアルジェで亡くなり、ジャコブは帰らぬ人となったのか、もしかするとこのお守りは、家の外では、遠く離れた寒い土地では、人々が同じ神を信仰しない場所では効き目がないからなのか……ラシェルもまた、壁の手形を見つめ、体をゆっくりと揺らせながら自分を恨んでいた、ああ、なぜ死んだ子の名前をあの子に授けてしまったのか、神様がお決めになったことに挑むようなあんな真似をした自分が間違っていたんだ……もしあの子がアブラハムみたいにひ弱だったら兵隊に取られることもなく、今もここにいたんだろうに、もしあの子があんなに活発でなければ後方の事務所で書類仕事でも任されていて、今もここにいたんだろうに、もし狂ったドイツ人がヨーロッパで戦争をおっぱじめたりしなければ、今もここにいたんだろうに、もしあの子が怖がりで脱走していたら、今もここにいたんだろうに、もしあの子があん

＊ユダヤ教の過越の祭の食卓で供されるふくらし粉の入らない薄くパリパリしたパンのこと。モーセに率いられたユダヤ人がエジプトから慌てて脱出するときにパンを膨らませている時間がなかったことに由来する伝統。

＊＊旧約聖書「出エジプト記」に出て来る「主はモーセに向けて仰せられた。イスラエル人の間で最初に生まれる初子は全て、人であれ、家畜であれ、わたしのために聖別せよ。それは私のものである」という箇所に由来する表現（『旧約聖書　新改訳』〈日本聖書刊行会〉）。

なにハンサムでなければ行き交う人間の恨みからくる呪いにかかったりすることもなく、今もここにいたんだろうに……ああせめて、最後の口づけをしてやれたならそれで十分だったのに、いやそれが叶わずとも、せめて遠くからその姿を一目眺めることができたならばそれで十分だったのに、もし、そのどちらも叶わずとも、せめて声を聞くことができたならばそれで十分だったのに、いや、そのどれもが叶わずとも、せめて亡骸《なきがら》を見ることができたならばそれで十分だったのに、いや、それが叶わずとも、せめて彼が最後に身につけていた、体臭と血が染み込んだ衣服を誰かが持ってきてくれたならばそれで十分だったのに、いや、せめて誰かが彼の最後の様子や最後の言葉を伝えに来てくれたならば、それで、それで十分だったのに、なのに、あの死亡通知の紙切れ以外、何一つありはしなかった……そして今、ジャコブの席と同様にラシェルの心は空っぽで、ラシェルにはもう愛すること、人を愛し、人生を愛するだけの力が残っていなかった、どのみち別離の悲しみを味わわなければならなかったのなら、なんのために愛したのか、永遠に十九歳半のまま二十歳になることもない、それ以上歳を重ねることもないジャコブからどんどん遠く離れるばかりであるのなら、歳を重ねて何になるというのだ、あの子を生んだ自分が、自分に残されたこの先の二十年、二十五年をなんだってあの子にそっくり譲ってやることができない定めなのか、ただ眠って、人の食事の世話や掃除や洗濯にかまけ、近所の噂話を聞くことに費やされるだけの年月、やれ、モーリスのカミさんは月に一度しかシーツを洗濯しないらしいだとか、やれ、フォルチューヌの娘は新婚初夜に傷物だったらしいとか、やれ、アルベールの息子の父親はアルベールじゃなくてその弟だったらしいとか、やれ、リュシアンの親は息子のバカロレアのために高校の校長に金を払ったのだとか、やれ、乾物屋の細君は夫が埋葬されるかされないかのうちに早くも赤い服を着たらしいだとか、やれ、ライラは二回に一回は料理を焦がすらしいだとか、そんな類の噂話を聞くためだけに、神様は自分をこの世にお残しになったとでもいうのか……。

ジャコブを想う気持ち、それは見えない糸のようにして、二十六番線通り十五番地と、その向かいの建物の間をまたいでつながっており、そこではリュセットが過越の祭りの羊のローストを砂を嚙むように食べている……その耳には、あの知らせのあった日、ラシェルの周りに集った泣き女たちがあげた叫び声がまだ鳴り響いているのだった。ラシェル自身はといえば、あの日の彼女は怖いくらいに静かだったが、人を無言にさせる痛み、何もかも呑み込んでしまう黒い淵のようなラシェルの痛みがリュセットにはよくわかった、なぜなら彼女もまた、まったく同じ痛みを感じていたから……どんなふうに戻ってくるのかしら、とその帰還を幾重にも想像していたジャコブがいない世界など、考えられなかった。戻って来たその姿を上のテラスから見つけ、転げ落ちるように階段を駆け下りていくはずだったのに。ヨム・キプールのお祭りに例外的に自分も父親についてシナゴーグに行き、そこで黒い線のついたアイヴォリー色の祈禱《きとう》用ショールを肩にかけた天使のような彼の姿を見つけるなんてこともあったかもしれないのに………「お答えください、アブラハムの神よ、お答えください」と熱い叫び声が祈禱室に響き渡るときには、大勢の声の中から彼の声を聞き分けることだってできただろうに………そして一日の終わり、司祭の祈りに女たちが涙した後のもみくちゃの人混みの中で、ジャコブは自分の姿を見つけ、コクリとうなずいてくれただろうに。運がよければフランス通りでばったりすれ違うなんてこともあったかもしれない、こちらは自分の母親と一緒、向こうもやはり母親と一緒で、二言三言、慎ましやかに言葉を交わし、母親たちは若い二人の表情や、緊張した手の中に押し殺した笑いなどをふむふむと眺め、その翌日には打ち明け話にはもってこいのハマム風呂の蒸気の中で、自分たちのことを話したはず、そしてその晩には互いの夫たちにささやいてみせるのだ………メルキ家の方では、ねえあんた、これはいい縁談だよ、リュセットの家族は正直者だし、よく知ってる娘だしさ、あの子が一人っ子だってことが後継ぎをちゃんと産んでくれるかという点じゃあ、確かにちょっと心配だがね、あのゆったりした腰つきとか丸い胸は安心材料ではあるさね、なんてことを話すはずだったのだ。ジャコブとならきっと生涯を仲良く共にできたはず、二人の人生を一つ、また一つと石を積み上げるようにしてつくっていけたはずだ、とリュセットにはわかっていた………幸せで、時にヤキモチを焼き、でも誇らしく、朝には彼の傍で目を覚ますことを神に感謝し、夕にはジャコブが病気しませんように、人に悪口を言われたり、貧乏になったりしませんように、酒や博打に溺れたりするようなことになりませんように、そして色目を送る他の女から守られますように、と祈る、そんな人生

二

……身体中をどっと貫く滝のような力を総動員してそう願うのだから、絶対、上手くいくはずだった。けれどリュセットは、自分の部屋の壁よりもさらにリアルに思い描くことのできるそんな未来に一歩を踏み出す代わりに、夜毎、床の中で気も狂わんばかりにしてジャコブの顔、その目の形、鼻の姿、唇の描く線を思い起こそうとするばかりだった、記憶の中を懸命にまさぐり、出征したあの日の彼のシルエットをなんとか再現しようとしてみるのだった。彼はあの日、急いでいたのにとても優しく自分に微笑みかけてくれた、それは確かだ、でも、去り際に彼が口にした言葉、なぜか自分の耳には聞き取れなかったのだけれど、思い出すことのできるそんな言葉が残されていたならどれほど良かっただろうか、ああ、なんだって、あんなに愛していた人が最後に自分一人にかけてくれた言葉を聞き逃してしまったのか、愛は人の耳をも塞いでしまうものだからなのか。

あの日以来、誰もがずっと抱いてきたはずの、けれど、それを口に出すことはおろか、自問してみることすら怖くてできない、そんな執拗な疑問の一つが、ジャコブの面影を覆い固めた薄氷を突き破ってひたひたと迫ってくる……もしかして生きているということだってあるのでは？　あの将校に届いた知らせが間違っていたとしたら？　ジャコブがひょっとして戻って来たならば？　そんな疑問がドクドクと脈打つ傷のように疼《うず》き、皆の心をざわつかせるのだった。もし、ジャコブがフランスのどこかに一人ぼっちでいて記憶を失ってしまっているのだとしたら……いや、実際、そういうことはままあるもので、戦場などには大はしゃぎの魔物がうようよしていて、人が死んだり負傷したりすればお祭り騒ぎ、中には生き残った人間の頭に忍び込んで記憶をすっかり、またはほとんど消し去ってしまうような輩《やから》もいるとか……ラシエルのいとこ、モイーズは実際にそんな目にあった一人だ。一九一八年の戦争から戻った時のモイーズは屈託ない間抜け面《づら》、過去のことは何も記憶になく、自分の親をマダム、ムッシュと呼び、アラビア語は話せなくなっていて、子供のように手づかみでものを食べるのだった……自分の名前さえ覚えていなかったが、それでも彼は生きていて、それこそが肝心なことなのだった……モイーズが帰還できたのは兵隊仲間の一人のおかげ、その人は決してモイーズを見捨てることなく、本人の代わりに名前と住所を覚えていてくれたのだ。どのみち、自分の名前や生年月日を覚えていることがなんの役に立つというのだ……ここでは誰にだって少なくとも三つの名前がある、フランス名は民事身分のため、ヘブライ名は伝統のため、アラビア名は日々の生活のため、それに生年月日が正確だった試しなどないのだから。それが出生の日でなく、役所への届け出の日だったなどというのはよくあることだし、火曜だったか水曜だったか、真夜中より前だったか後だったか、ちゃんと覚えていないことなどざらで、そんな時は、聖なる日、土曜日にしておいてみたりするかと思えば、その日は神が人間の運命に普段以上の注意を向けてくださり、人の生き死を決めなさるから、という理由で、ヨム・キプールやロシュ・ハシャナの祝日を出生日に選んだりする……生を願う気持ちは誰しも同じなのだ。

そしてマドレーヌ、愛しの息子ガブリエルをじっと見つめながら、別の戦争や病や誰かの呪いで自分から息子が奪われるようなことがないように、と無言の祈りを唱えるマドレーヌもまた、ジャコブは生きていて、もう少ししたらひょっこり帰ってくるかもしれない、と思っている点では皆と同じだった……いや、ジャコブが戻るのは遠い昔に聞いた物語の結末のように、もっと長い年月を経た後になるのかもしれない……子供時代を過ごしたチュニジアの村で、早い日暮れが訪れて、けれどランプを灯す油が足りないような時に、父親は自分たち兄弟姉妹にそんな物語を話してくれたものだった。そんな夕刻には縫い物もできないし、他のことも何もできないから、父親の周りに皆で輪になって座ると、厳しいながらも善良な目をしたその人は、いいか、エドモン・ダンテス*の話をお聞き、と言ってユダヤ教徒のアラビア語**で話し始めるのだった……昔々、マルセイユに若くてそれはそれは美しい船乗りがいた、そんな彼に嫉

*アレクサンドル・デュマ『モンテ・クリスト伯』の主人公の名前。

**北アフリカ、および中東各地に暮らすユダヤ人たちが話したり書いたりする言語は各地域のアラビア語に派生する方言であり、発音や文法にバラエティがあるが、それらはまとめてユダヤ・アラビア語群とくくられる。ここではチュニジアのユダヤ人コミュニティで用いられていたユダヤ・アラビア語のこと。

妬した人々は、ついに彼を薄暗い牢屋に閉じ込めてしまった……その船乗り、エドモン・ダンテスとメルセデスの恋物語、イフ城の独房での長い幽閉、ファリア神父（父さんは「ボバッス・ファリア」と言っていたっけ）が掘ったトンネル、別の人物になりすましたダンテスの帰還、そして復讐へと続くその話を、少女マドレーヌは何度聞いても飽くことがなかった。そして今、あの話のことを回想すればするほど、エドモン・ダンテスとジャコブの顔が重なり、ジャコブもまた戻ってくるような気がしてならないのだった。実のところ、将校の訪問のあの日以来、皆が抱えてきた悲しみと、陸軍省からの手紙を除いては、ジャコブの死を証明するものは何一つなかったのだから。

なんとか倒れずに済むようにと診療所で強壮剤を処方してもらった帰り道、ラシェルはブレッシュ広場でデュカンのところの息子を見かけたが、ジャコブと同年代の青年を見るといつもそうなるようにこの時もまた、心臓がバクバクと波打った……うちのジャコブはいなくなってしまったというのに、なぜ、この子は生きているのか……。そんなふうに思ってしまうことが情けなく、自分の中の恨みがましい気持ちが、意に反して目に見えぬ呪いの矢となって彼ら、若い生存者たちに向けて放たれてしまったであろう、といたたまれなかった……自分を恥じる一方で、だがラシェルはこうも思うのだった、あの若者はジャコブより意気地がなかったに違いない、だから彼はこうして戻ってこられたんだ、いつだって一番出来のいい子からいなくなっちまうものだもの……。ラシェルの心はこうしてまた粉々に砕けてしまった、天秤《てんびん》のように揺れ動くのが常となったその心は、やっとなんとか落ち着きを取り戻したかと思うや否や、ちょっとしたことですぐ再び壊れてしまうのだ。中でもしんどいのは毎朝、目をさますときのあの苦痛だ……今、ここにいる自分というものを認識するのに、毎朝数秒かけて、あたしの名はラシェル、メルキの妻、ここはあたしの家、隣には夫のハイーム、ここはコンスタンティーヌ、せん、きゅうひゃく、よんじゅう、ごねんの、ごがつ、と、一つ一つ手がかりを確認しては再構築していくその作業の難儀なことといったら。そうして意識の上層に苦い「現

二

実」が立ち上ってくると、今度はその「現実」がラシェルをひんやりとしたヴェールで覆ってしまう……ジャコブは死んだ、もう戻ってこない、悪夢なんかじゃない、それがこれからのあたしの人生なんだ……こんなふうにして始まるラシェルの一日が暗いものにならないはずはない、その動きの一つ一つに哀しみが宿り、転んでばかりで青アザだらけの足にはもう力も入らない。そしてその日もまた、強壮剤の効き目もなく三階への階段を上るのがラシェルには大変な苦痛だったが、やっとたどり着いた先で出くわしたのは、ジャコブのバル・ミツヴァの衣装を着込み、鏡に映る自分の姿にうっとりと見ほれているガブリエルの姿なのだった。ラシエルはアラビア語でなにかガブリエルには意味のわからないことを叫び、ガブリエルは、ばあちゃん、お願いだからこのこと言いつけないで、と心の中で乞い願いながら上着を脱ぎ始めた……しかしラシェルはそんなガブリエルにピシリと待ったをかける。動くんじゃないよ、そのままじっとしてておくれ。孫の顔の上にジャコブの顔を重ね、しばらくじっと見つめてから、後ろ向きになってみておくれ、と頼む。髪の色を少し濃くすればその後ろ姿は孫でなくて息子のそれだ、とほんの一瞬、信じられた、自分にそんな嘘をつくことができたのだ……そしてその嘘は、慰めになると同時に痛みをもたらすものだった。一方、すっかり硬直してしまったガブリエルは、こんなふうにじっと見つめられるよりは、いっそのこと、じいちゃんにぶん殴られる方がマシだったろうと思うのだった、祖母の視線は、なぜだかガブリエルからすっかりやる気をもぎ取ってしまい、自分に向けられているのでない愛で金縛りにあったその幼い心をひどくかき乱すからだった。と、突然、ラシェルが言う、さあ、家にお帰り、さあ早く……ラシェルの虚ろな視線を前に、ガブリエルは大急ぎでバル・ミツヴァの衣装を脱いで自分の服に着替え、ハマム風呂近くの袋小路にいる友達に合流した……ガブリエルと仲間たちはタバコを吸い、その味には吐き気を覚えたけれど、彼らの口元には少し偉そうで少し得意げな笑みが軽やかに浮かんでくるのだった。終戦を祝う行進があるらしいよ、行ってみないか、と仲間の誰かが言う、そうして少年たちはブレッシュ広場で大勢の見物人たちと押し合いへし合いしながら、兵士たちに喝采を送ったのだった、混雑これ幸いと人々のポケットからみなで小銭をくすねたりしていたが、やがてガブリエルは行進にすっかり心を奪われてスリごっこもやめてしまった……ちょうどそんな折、周りでは人々のひそひそ声が「そのニュース」を広めていた……セティフ*で、グムラ*で、アラブ人がヨーロッパ人を虐殺したらしい、早く家に戻った方がよさそうだぞ……。

*共にアルジェリア東部の町の名前。一九四五年五月八日、終戦の祝賀パレードと並行し、アルジェリア独立派のデモがコンスタンティーヌ内外で起きた。こうしたデモは禁じられていたため、警察が介入、それに対抗する形でデモは暴動に発展。セティフを始めとする各地でフランス入植者（コロン）がアラブ人によって多数、殺された。それに対する報復措置として殺されたムスリム人口は六千とも三万とも。アルジェリア戦争（一九五四

〜一九六二年）のきっかけをつくったといわれる事件だった。

二

二

九月の終わりのハゲタカ祭りの際には、山頂にあるシディ・ムシッド墓地に猛禽類が群がって押し寄せる習いだった。伝説によると、シディ・ムシッドという名のネーグル*がいて、日々の糧を稼ぐために音楽を奏でながら踊っていたが、その彼には人々の周りを激しい身振りとともにぐるぐると回って憑き物を祓《はら》ったり、病人を癒したりする力があったという。死の間際、信者たちを自分の墓の周りに集めると、皆に約束して言うことに、そなたらに天から鳥たちをつかわそう、鳥たちはそなたらの希望を集め、それをたちまちにして神に伝えるだろう、と。そんなわけで毎年、コーランの文言を唱える祈禱師たちに伴われたパレードが熱狂的な音楽と共に墓地に詣《もう》で、生贄《いけにえ》の獣を捧げるようになった。女たちの歓喜の声、参拝者たちの叫び声が天に向かって放たれると、シディ・ムシッドの予言通りに鳥たちが人々の群れへと舞い飛んでくるのであった。

＊「黒人」を意味するフランス語だが、語源的には黒人奴隷の呼称であったため、その英語は〝n-word〟という言い換えが一般となった。仏語圏では、とりわけ文学作品中での使用は著者の判断に委ねられる傾向にあり、訳者もそれに準じて原語のカタカナ表記で訳出した。

アブラハムは鳥好きだったけれど、この行事に参加することはなかった。自分とは無縁の儀式だったし、同じ鳥でも猛禽類は薄気味悪かった上に、自分の願いが叶えられるとも思えなかったからだった。大勢と一緒でなく一人で、町の上空を渡り鳥のツバメが飛んでいく様、季節によってそれは北の方角へだったり逆に南の方角へだったりするのだが、そんな時のツバメたちの神経質そうな素早い動きをアブラハムは飽かずに眺めたものだった……空を舞うツバメの動きの何かが彼の心を捉えて離さないのだが、ある日、ツバメは猛禽類やヒバリ、ツグミなどとは異なり、実は飛んでいるのではなく、地に叩きつけられないようにと間断なく翼を動かし続けなければならないのだということがわかり、なるほど、と合点がいったのだった。そんなツバメを一羽か二羽、捕まえてみたいものだと思ったけれど、ツバメを籠に閉じ込めることなどできない、だからそのかわりに、フランス通りにある店で大枚叩《はた》いてズアオホオジロを購入したのだ。まず鳴き声に耳を澄まし、次いで羽を見て、良さそうなのを選んで家に持ち帰ると、子供たちは歓声を上げて小鳥たちを出迎えた。マドレーヌは小鳥三羽が一体いくらしたのか気にかかったが、何も口にしなかった。アブラハムは鎧戸に鳥かごを吊るし、小さな器に水を注ぎ、餌入れに種粒を入れると、人差し指を口に当てて子供たちを静かにさせた……彼のたった一つの動作や目つきさえあれば子供たちをいつだって静かにさせられるし、震え上がらせることもできるのだ……もっともこの日に限ってはそんなことをする必要もなかっただろうけれど。ともかくアブラハムはまず、短い音をいくつか、次いで鋭い呼び声、最後に消えそ

二

うなささやき声に、と声音や抑揚を次々と変えてみせた。ズアオホオジロたちはアブラハムの口から放たれる音の精度の高さに心打たれたかのようにじっと身を潜め、微動だにせず一つ一つの音を吸い取らんとしていた。音遊びが終わり、無音の数秒間が流れる、そこへ乱入してくるのは隣人の女が夫にぶつける不満の叫び声………もうこんな暮らしはうんざりだ、地べたに面したこんなところに惨めったらしく住むのはたくさんだ、まともな人間らしく、水道が来てる上の階の部屋に移りたいんだよ………そんなふうに叫ぶ女の声は、だがどこか遠い異世界に属しているかのよう、大人二人と子供三人がその名も知らぬ何か、希望のような何かの訪れを待ちわびている小さな部屋からはほど遠い異世界からその声は聞こえてくるように思われた。

一方こちら、彼らの部屋では、鳥たちの嘴《くちばし》を皆がじっと見つめている、これまで知らなかった夫の顔、父親の顔、その穏やかで一心不乱な顔、安息日《シャバット》の晩に突如癇癪《かんしやく》を起こして食卓をひっくり返してしまうような自分に潜む闇をとうとう観念して受け入れたかのようなその顔を、じっと見つめているのであった………すると突然、アブラハムに最も近いところにいた鳥が姿勢を正し、頭を前に突き出して嘴を開いたかと思うと、人間が歌うようなメロディーをさえずり始めたのだ。不確かな音のところでちょっと止まると、アブラハムが優しく口笛を吹いて助け舟を出す、鳥はまた歌い継ぎ、すると他の二羽も触発されて一緒に歌い始めるのだった。

ガブリエル、ファニー、カミーユ、マドレーヌ、そこに居合わせた皆の眼前で起きた奇跡のような出来事、小鳥たちのこの即興コンサートは、部屋の壁を叩き壊し、その先の路地、隣人たち、道の向こうのモスクを消し去ってしまった……建物も人間も、まるでそんなものは最初からなかったかのように透明になって消えてしまった……地球が軸の周りを回転し、柔らかくエレガントに後ろ向きにひっくり返って野生時代へと引き戻されてしまった……過酷な労働や金銭、社会階層や毎月の家賃が発明される前、人類が出現する前、言葉や戦争が誕生する前、世界にまだ意味というものがなく、それを与えようと試みる人もいなかった時代、聞こえる音といえば、動物の鳴き声とか、流れる水や吹く風の音、あるいはたまに起こる地震で大地がうねる音くらい、そんな遠い昔の時間へと……。

終戦から三年、家族の元へハイーム宛ての手紙が届いた、一九四四年のあの夏に兵舎から兵舎へと息子を探して回った母親宛てでなく、父親宛てにその手紙が届いたのは、ハイームが一家の長であり、母親よりもずっと重きの置かれる存在だったから。手紙には「退役軍人・戦没者省　返還課　ミュルーズ遺体安置所」というレターヘッドがついており、内容は次のようなものだった。

拝啓

一九四六年十月十六日制定法に則り、貴兄はメルキ・ジャコブ氏（第二期兵、第三アルジェリア歩兵師団、第一アルジェリア狙撃連隊、オー・ラン県ビシュヴィレール墓地にて埋葬）の国費による遺体返還措置を要請されました。

退役軍人・戦没者省当局により、本日、メルキ・ジャコブ氏の遺体発掘が執り行われた旨、ここにお知らせいたします。ご遺体はミュルーズの遺体安置所へ迅速に運搬され、追ってお知らせする日付に貴兄の元に返還されます。やむを得ぬ諸事情、なかんずく、運搬手段の不足により一括運送せざるを得ぬ状況に鑑み、マルセイユの遺体仮安置所への移送条件が整うまで、ご遺体を一定期間こちらでお預かりせざるを得ません。マルセイユの遺体仮安置所到着後、ご遺体が最終的な墓所へと移送される際、貴兄の側でのさらなる追加手続きは不要であります。

亡くなられた大切なご家族のご遺体がコンスタンティーヌに到着するにあたっては、十分な猶予をもって、少なくとも到着の四日前には正確な日時をお知らせいたします。

葬儀につきましては、コンスタンティーヌ市当局が貴兄の了承を得た上で、これを執り行います。

敬具

オー・ラン県監査官

二

その後、家族がジャコブの遺体到着の知らせを受けたのは一九四八年十一月二十日のことだったが、それは遺体のかけらに過ぎないものだった、死から三年余り、軍から引き渡されたそれ、棺の中のかけらは、もはやジャコブと呼べるものではなかった……その声が森に響くことはなく、歌声も、話す声も聞こえない、終わったよ、戻ってきたよ、きつかった、でもなんとかやったさ、奴らをやっつけたんだ、最後の一人までやっつけた……そんな簡単な言葉も聞こえてはこない。十一月のその朝、棺の中には、そっとウインクをしてみせる目もなければ、柔らかく繊細な手も見当たらなかった、それはまずは寒さでひび割れ、ついで肉がとけくずれてしまったのだろう……亡くなられた大切なご家族のご遺体、と手紙にはあったけれど、結局、届いたのはこれ、だがラシェルは、それが本当の息子であるかのようにして棺を抱きしめた、それが彼の肌であるかのように棺の木に口づけをした、そしてラシェルの周りでは女たちが泣きわめき、顔をかきむしっていたが、それはこんな形で痛みを披露するのがここでのしきたりだからで、だが泣き女たちは実のところ、息子の結婚式に着ていく服とか、子供部屋に取り付ける男女の仕切り用のカーテンを縫うことなど、他のことを考えながら泣きわめいていたのである――カーテンをつける目的は、兄弟姉妹が互いの様子を目にして触りあったり、良からぬ禁忌ごとを妄想したりしないためだ――、とまれそこに集まった隣人や親戚の女たちは、他にも色々用事があるのだし、ジャコブはすでに一回、死んでいて、あの時は遺体はなかったけれどみんなで泣いてやったのだから、今、遺体があるとはいえ、そうそう簡単に再び泣けるってもんでもないということだろう。女たちはそれでも三年前と同じくらいの大声を出してはいたものの、そこには前回ほどの気持ちはこもっていない、一方、男たちは耳を塞ぎたくなるのをなんとかこらえているが、女は泣きわめき、男は無言というこの役割分担はそれにしてもなんと奇妙なことだろうか……ハイームや、ラシェルに残された三人の息子たち、アブラハム、アルフレッド、イサークにしてもそれは同じことだ、彼らは二手に分かれ、ジャコブの棺

二

をそれぞれ右肩、左肩で支え持ち、最後に会ってからもうずいぶんになる弟がこれから埋葬されるのだということにただ茫然としているばかり。ガブリエルは自分も一緒に棺を担ぎ、力があるというところを見せたかったし、ジャコブの重みを肩に感じもしたかったけれど、お前の背丈では無理だと言われてしまった。皆に先立ってガブリエルは一人墓地を抜け、駆け出した先はあの吊り橋……そしてそのちょうど真ん中で立ち止まった。空には黒い雲が立ち込め、まもなく激しい雷が巨大な雄牛の群れのように町中にとどろくだろう、それを見て、ラシェルやマドレーヌは、ほらごらん、空だって泣いてるよ、と言うだろう。ガブリエルはポケットの中にずっと手を入れたまま、最後にもう一度、あのすべすべの石を手の平に包んで温めながら思い迷っていた。ここから川の方に降りていって、ジャコブが連れていってくれた岩のくぼみの池に戻り、水切りをやってみるべきだろうか。でももしうまくいかなかったら？　石がボチャンと惨めに沈んでしまったら、ただでさえ悲しいところにがっかりまで加わってしまう。ガブリエルは花のように開いた両手に石を置いて、さあ、飛んでけ、と願ってみたけれど、石はぴくともしない。結局ガブリエルは、流れる川に向かって石を落とした……最後までその姿を見届けようと目を凝らしたけれど、石が水の泡に触れ、そして姿を消す瞬間まで追いかけることは叶わなかった。

ジャコブの出生の元をたどれば、一九〇六年十月十七日、テベッサの町ゲルマ区において執り行われたラシェルとハイームの見合い結婚に行き着く。ハイームは仕立て屋アブラハムとライラ（旧姓フィトゥッシ）の息子、ラシェルは無職のイスラエルとギュマラ（旧姓トゥイトゥ）の娘。二人の祖父母はアルジェリアのユダヤ人にフランス市民権を与えたクレミュー法＊制定の前に生まれているので、市民台帳への記載はなく、その名が百年後に誕生したジャコブにまで伝わることはなかったものの、お役所の与《あずか》り知らぬもっとささやかなものはそれなりに継承されてジャコブの身にその痕跡を残した――肌質、声の音域、目の形、気立ての優しさや怒りっぽさ、心配性といった気質などだ。世代から世代へと引き継がれた祈りや祝福や感嘆の言葉の数々、それに愛や死別を包んできた数え切れないほどの沈黙もまた、ジャコブの血肉となった、だからこそなおのこと、生まれ故郷から数千キロも離れた知る人とてない（しかしそれを防御するために遣わされた）土地で、まさに愛と死別、その両方にジャコブが遭遇したことは注目に値する……域内のユダヤ人を殺害、または死ぬに任せたヨーロッパ、にもかかわらず、その解放のために兵士ジャコブという人間を諸手を挙げて迎え入れたヨーロッパ、他方、その召集のわずか三年前には、同じジャコブが「十分にフランス人であるとはいえない」という理由でオマールのリセの門をくぐることを禁じられていたのだ。こうした状況が投げかける問題について、だがジャコブには深く考えてみたり理解したりする時間が与えられなかった。論文のテーマにもなりそうな問題だし、そうであればジャコブは、年月がもたらしてくれる距離感のおかげで冷静にこの問題に取り組むことができたはずだ……対象からの距離は、騒音を消し去り、色彩をぼかす一方、出来事や関わった人間たちから具体性や時の一回性を拭い去り、そのときどきの感情や思考、残された足跡といったものの本質そのものにこれを抽象化して目に見えない場所に静置してみることを可能にする。哲学や修辞学や文学の授業で習った引用句をジャコブは思い出そうとしただろう。思考を深めていく過程では、内なる言葉という聖域、あるいは話し言葉や書き言葉が人間に示してくれる道筋というものを見つけた時にかつて覚えたあの高揚感にも、何度も再会したことだろう。時がたち、戦争について多くのことが語られ、強制移送、収容所キャンプ、この時代の非人道性といったことがあらわになっていくにつれ、ヨーロッパを解放したんだという誇らしさは、その輝きを失っていったことだろう。確かに戦争には勝った、けれど、こんなにも多くの男たち、女たち、子供たちの命と引き換えに勝ったにすぎず、駆けつけるのがあまりにも遅すぎた……すっかり打ちのめされて、ジャコブは、

＊一八七〇年、アルジェリアのユダヤ人三万七千人にフランスの市民権を与える法が制定された。一方、イスラム教徒は原住民（indigène）のまま据え置かれ、これが二つのコミュニティ間の痛ましく取り返しのつかない断絶のもととなった。

そんなふうに思ったことだろう。そして、自分もまた、そんな歴史の一部であり、紛れもない加担者であったという自覚にいたったのであろうが、それはトゥーロンの高台の火に包まれた松林でGIの隣で初めて発砲した時や、ボナンを背負って数百メートル歩いた時に感じたほど大した役割ではなかったということも同時に悟っていただろう。死から免れ得たのは奇跡だったと耳にタコができるほど言われたけれど、その奇跡ってそもそもなんなのだろうと自問もしたことだろう。それは偶然や幸運といったものと同じことなのか。おそらくそうだ。ジャコブが仲間たちと共に終結させた地球上のこの惨事は、本を読んだり人と出会ったり、何かを思い出したりするような折りに、何度もその本当の姿を示してみせたことだろう、何しろこの戦争は人と人との関係性を根源的に定義し直すことを我々に強いることになるはずだったのだから、そして、にもかかわらず、時を止めて沈思黙考に耽《ふけ》ることなど誰にもできなかったし、次々とまた色々なことが起き、それをプロパガンダが扇動的ニュースにして報じ、一方、暮らしのあれやこれやは、我らの視線を日々別の方向にそらしてきたのだ。

しかし、こうした諸問題について、また一九五三年三月五日、つまりヨシフ・スターリンと同じ日に自分の父親が亡くなったことについても（その父親はスターリンになんとそっくりだったことか）、ジャコブは何一つ知ることはないのだった。そして、ジャコブ不在のまま時が流れ、日々の出来事に皆の日常が振り回され、その日常がやがて新たに台頭してきた運動（結果的にはそれによって彼らは国を追われることになるのだが）に巻き込まれていく中にあってさえ、ラシェルやマドレーヌやリュセットが見る夢にはジャコブが顔を出し、彼女たちを震えるような喜びで満たすことをやめないのだった。ジャコブはそこにいて、語り、時に歌を歌い、そんなジャコブを女たちが両腕で抱きしめると彼はにっこりと微笑み、女たちが夢から覚めた後も、彼女たちの細胞のひとつひとつにゆらゆらと宿り続ける、ここに僕はいるよ、と自信たっぷりに部屋の中を数時間ばかり（それ以上の長い滞在は稀《まれ》だった）漂った後、脱走してきた黄泉《よみ》の国へと再び舞い戻っていく。するとそのあとは、ただ彼の名前だけが、ラシェルの口元からこぼれ落ちたりするのだ……その日もまた、ラシェルの部屋の掃除にやってきたカミーユが、食器戸棚の埃《ほこり》を払う前に雑巾を持った手をしばし休め、ちょっと物思いに耽るような顔をした時だった、なあ、ジャコブはハンサムだろう？　というラシェルの声に、カミーユが写真から目を離して祖母の方に振り向けば、ラシェルは涙をこらえようとして顔のしわをピクピクと痙攣《けいれん》させているのだった。あたし、ジャコブのこと覚えてないんだよ、でも優しそう、とカミーユが小声で言うと、なあに、ただ優しいってだけじゃないさ、とラシェルが訂正する、あの子は天使だった、そう、だから神様がお呼びなすったんだね、そうに違いない。お前さん、よく懐いていたよ、ジャコブは、そうこの辺りに寝ててね、お前さんはほら、こっち、そんな離れてないところ、お前さんによく飛行機遊びをしてやってたねぇ。カミーユは人好きのする叔父の顔をじっと見つめ、うーん、天使っていうよりは、むしろ誰にでも優しい美青年って感じかな、と値踏みする。それにしても白黒写真のこの青年、今や自分とほとんど同い年のこの人が自分の叔父というのはちょっと信じ難い。しかしさらに信じ難いのは、この人が自分の父親の弟だということ、なにしろ二人には共通点が何ひとつないのだ……この写真もそうだけれど、もう一枚の写真、高校時代のジャコブがスーツ姿で白いシャツに細い黒ネクタイを締めて真面目な顔で写っている方の写真でも同じこと、そこではジャコブはひどく深刻な、いや、ほとんど悲しそうな顔をしているけれど、怒りにかられた時のアブラハムの形相を激変させてしまう例の暴力的なものかけらもそこには見えない……もっとも体を病んで酒が飲めなくなって以来、アブラハムのそうした怒りの衝動は随分と減ってはいたし、拳を握る力もめっきり弱々しくなってしまってはいた。悲しそうに塞ぎ込む一方、以前より人への気遣いもするようになり、もはや自分の弱さを隠すこともなく、マットレスに寝たきりのまま隣に置かれた鳥カゴのズアオホオジロたちに新たな歌を覚えさせようとするのだった。ああ、そうそう、この写真は高校ん時のだね、とラシェルはもう一枚の方の写真を手にとって言う、学校がよくできてねえ、教師にでも、いや知事にだってなれただろうさ、あんなふうにドイツ人に殺されちまうようなことがなかったならば……まったく、奴らに呪いあれ、だ。一方、カミーユは、親にも兄弟姉妹にもちっとも似ていないというようなことが世の中にはいったいぜんたいあり得るのだろうか、と自問していた。そのカミーユ自身については、父親似とも、兄のガブリエルに似ているとも言われるし、実際、カミーユの広い額と中国人のような切れ長の目は父や兄から受けつい

二

だもの、もっとも目の色に関してはガブリエルは緑色、カミーユは褐色だったのだけれど……さらにカミーユの顔には、父や兄と同じような意志の強さの相があり、そのせいで人の反発を買いやすいところがあったが、父や兄と違ってカミーユは女の子、意志の強さは長所とはみなされない。ファニーを見習え、とずっと言われ続けてきたが、そのファニーは決して口答えせず、反抗もしない、ファニーの体内には自分と異なる臓器が入っているに違いないと思えるほどだ、ファニーの筋肉はおそらくもっと柔らかく、その骨はもっとしなやかなのだろう、そういえばファニーはしょっちゅう疲れているじゃないか、働き者だけどいつも疲れている、人の世話をするけれどいつも疲れている、それも結局ある種のサバイバル能力ということなのだろう……それにひきかえカミーユは、十六歳の若い体にたぎるエネルギーを持て余しているような有様、ひょっとして受胎の時に何かの間違いが起きたのだろうか、本当は自分は男の子として生まれるはずだったのではないだろうか。もしそうだったのならジャコブがそうしたように、そして今、ガブリエルもそうしているように自分もまた、軍隊に入っていたのだろう、そうしたら余計なことをあれこれ聞くなっていうような顔をして、外の目が届かないちょっと秘密めいた自分の世界を手にしていたことだろう、旅に出るっていうのとはちょっと違うだろうけれど、出征もまた旅に出るようなもの、でも旅先で何かをあるいは誰かを恋しくなったりすることは自分にはないだろうな、とカミーユは思う、うん、いや、母さんを除いては、かな……その母さん、マドレーヌは、あたしは子供たちのために生きてるんだ、子供たちのおかげでしっかりしていられるのさ、というのが口癖で、子供が病気になれば代わってやりたいと思うような母親、もう今ではほとんど飲まなくなったけれど、ジャコブの死以来、アブラハムが町中の飲み屋という飲み屋でこさえてきた借金をいまだに返し続けていて、そのせいですっからかんになっているような時でさえ、子供たちにはこざっぱりとした服を着せ、しっかり食べさせるためにずっと奔走してきた、そんな母親。

一九五六年秋、くそフェラガ野郎たち*が潜伏地に戻る前日、つまり毎週木曜の晩にそこで寝泊まりするという諜報部の情報を得て、ガブリエルは師団の仲間たちとその村へ向かっていた。兵士たちは十数軒の家を包囲し、家畜の首輪を締めていくようにしてジリジリと円周を縮めていく……一番に飛び出して見張人に猿ぐつわを噛ませたのは、仲間内でももっとも敏捷《びんしょう》なガブリエルだった。その時に手の平にこびりついた相手の唇の感触や、相手が抵抗した際に垂れたうっとうしい唾液の跡は、以来、何度手を洗ってもまだそこにこびりついているほどだったが、とまれ、その場でガブリエルは相手の耳にこっそりアラビア語で、抵抗するな、でないと死ぬことになるぞ、と一応教えてやった……もっとも相手の男はそれで抵抗を諦めたにもかかわらず結局殺されたのだったが。ガブリエルと仲間たちは、村の住民を一箇所に集めた、男たちは燃えるような目つきで兵士の怒鳴り声に屈するものかと踏ん張り、女たちは子供たちをかき抱き、年寄りは若者にしがみついていた、どの顔も恐れおののき、たった一つのことを訴えていた……頼むから撃たないでくれ、何もしてない、潔白なんだ……しかし、男たち、兄弟だろうが父親だろうが息子だろうが夫だろうが、そうした男たちをかくまい、食事を与えたものは誰であろうとテロの罪、テロ共犯者の罪を負うべきだという点を中尉は強調した。そして発砲せよ、と命じた、村全体が死滅するのに一分、いや二分とかからなかった、ロバやヤギに至るまで根こそぎやられたが、馬だけは別だった、なぜなら中尉は馬には目がなかったから。そうして彼らはさらに立ち入り禁止地区の方へと進んでいった。行く先々で仏軍が村から村へと区画を区切って人々を順に追い出しつつあった……さあ、ここから立ち退いてください、ゲリラ兵たちは我々にとってだけでなく、あなたたちにとっても危険な存在です、もうまもなくこちらへもやってきます、お金と引き換えにあなたたちを生かしておくかもしれないけれど、彼らの要求を拒めば脅しをかけます、ご存知かどうか、バトゥナの近くの村は丸ごとやられましたからね、男も女も子供も、一人の例外もなく殺されました、妊婦の腹を裂き、子供の目をえぐり、まあ、細かく描写するのはやめておきましょう、ひどいもんです、ですから我々はあなたたちを守るためにここにきたのです、安全なところにお連れしましょう、暮らしも楽で、井戸に水を汲《く》みにいく必要もないところ、水道が引かれていますからね……

……お前さんな、水道って何か知ってるか？　――頭にターバンを巻いた男にガブリエルがアラビア語で説得している――こうやってちょいと栓をひねるだけで水が出てくるんだ、そ

＊「フェラガ」はマグレブ諸国で宗主国フランスからの独立を求めて蜂起した兵士たちの総称。ここではアルジェリア独立戦争時におけるFLN（民族解放戦線）の軍事部門ALN（アルジェリア民族解放軍）の兵士たちを指す。仏語原文ではその俗語的表現 fell が用いられている。

うすりゃあもっと子供のことにかまけてられるだろ？　俺たちが提供する近代化ってやつのおかげで、お前さんの子供たちは学校に行けるぞ、勉強させてやれるぞ、お前さんとこのせがれ、賢そうじゃないか、学校の先生になれる器だ、見りゃわかる……隣には落ちくぼんだ目の周りを墨で黒く縁取った、まっ黒といってもいいほどの肌色をした細君。男はガブリエルの言葉を一語一語飲み込みながら、この明るい色の目をしたフランス兵のアラビア語が土地の人間並みにうまいので驚いている。その思いを読み取ったかのようにして、その通り、俺は土地のもんだ、と応えるガブリエル、出身はコンスタンティーヌだ、な、俺らは同じ側の人間なんだ、お前さんたちを助けるために来たんだ、いいか、他の者たちに伝えるんだ、村の入り口のところに二時間後に集まれ、と、な、もうトラックはきてる、そう、お前たち、もちろんトラックに乗っていけばいいんだ、まさかそんな遠いところまで歩いていけなんて言うわけないじゃないか。それだけ言うとガブリエルは、さらに先の村に向かって歩を進めるのだが、彼が話しかける相手は、必ず男、女に話しかけるのはこうした場面では大きな誤りで、立ち入り禁止地区から粛々と住民を立ち退かせる自分たちの努力を、それは水の泡にしてしまうであろうことをよく知っていたからだった……その立ち入り禁止地区では、ひとたび住民がたち退けば敵を叩くのはずっとたやすくなる、そこで出くわすフランス軍以外の息のある人間はすべて誰何《すいか》せず倒せばよい、なぜならそれはフランスが進める「平和化計画」への叛逆者《はんぎやくしや》、敵対者とみなしてよいからだった。そういうふうに彼らは隊長に指導さ

二

れていたのだが、ボルドー出身のこの男に対し、ガブリエルはたちどころに賞賛の気持ちを抱いたものだった、アブラハムよりわずかに若い男の年齢のせいかもしれないし、部下に向けるいかにも軍人らしい視線や、一分の逡巡《しゅんじゅん》もないかのような確信に満ちた様子、あるいは一定の条件（それを隊長は道徳と呼ぶのだが）を満たす限りの暴力の取り扱いを熟知していることなども理由だったかもしれない。その隊長の期待に自分は応えられる、そんな直感がガブリエルにはあったのだが、ある日、この部隊の中にアラビア語を話せる者はいるか、と隊長が尋ねたことがあり、ガブリエルは右手を額の前にピシリとかざし、はい、隊長、私が、と答えた、すると隊長は満足気に首を縦に動かし、よろしい、今後、役に立ってもらおう、と言い、ガブリエルはこれまで経験したことのない誇らしさで胸がいっぱいになったのだった。入隊したばかりの頃、フランス出身のフランス人たち、自分から見て全く訛りなくフランス語を話せる彼らを前にして、アラビア語に関してガブリエルにはどこかそれを恥じる思いがあった。だが今、敵の言葉を話せることは一つの武器なのだ、とガブリエルは胸を張る……敵の言葉、という言い方をいつのまにか身につけ、普通に使っていたが、一方でそれが父の言葉、母の言葉、祖父母の言葉であること、まさにその言葉の中で自分もまた大きくなったのだということはすっかり忘れてしまっていた、しかし、ガブリエルは自分に子供時代があったことなど思い出したくはないし、こちらにきて軍隊での暮らしが始まってこのかた、自分こそは男の中の男なんだ、と実感するようになっていた、そしてそれが自信となって外出許可が出た日に女の子に近づいて誘ってみて、触れてみて、抱いてみることもできるようになった（初めての時は緊張をうまく隠し通すことにも成功した）ばかりでなく、妹二人がすぐ近くで寝ていることで夜な夜な自分の中で膨れ上がった耐え難い妄想の世界にとうとう身を解き放つことができて救われた思いがしたものだった……妹二人に与えられる拷問のような苦痛に加え、さらには両親が布団の上でもぞもぞと体を寄せ合う晩の嫌悪感がそこに重なり、それは実際、最悪だった、ピタリとくっついた親たち二人の体の影、静寂の皮を剝ぐようなシーツの摩擦音……ガブリエルは、そうしたことにいつも興味津々でありながら同時にひどい恐怖にとらわれ、そんな夜にはしばしばおねしょをしてしまったものだった。が、どのみちそれももう終わり、アブラハムはますます病に蝕まれ、吐血するようにもなって一年のうち三月ほどしか働けなくなっていたし、ガブリエルはフランス軍に入隊した以上、自分にはもう誰にも（「父さん含めて」）いちいち報告する義務はないのだ、報告義務があるのは一人、隊長のみなのだという点を父親に対してはっきりさせていた……その隊長は、時折「もう一つの戦争」に言及し、部下たちにこんなふうに言うのだった、あん時はな、ドイツ兵をフランスから叩き出してやったんだ……ある日、ガブリエルは勇気を出し、隊長、実は、私の叔父はその戦争でプロヴァンス上陸作戦に加わりました、アルザスの地で戦死したのです、と言ってみた……すると隊長はニコリとして答えたのだった、それは素晴らしい、君は叔父さんの立派な後継者だ、叔父さんが殺したドイツ野郎と同じくらい、君はくそフェラガ野郎どもをぶちのめすんだぞ。

二

郵便局でテロがあったぞ、ロワイヤル映画館でも、カフェ・マジアでも……榴弾砲《りゅうだんほう》が放たれた、逃げる人間に発砲してきたそうだ、死者が出た、怪我人が出た……こうした知らせが町になだれ込んできていたが、それは路地をうねり歩き、あっちのドア、こっちの鎧戸にぶつかってしゅうしゅうと音を立てる黒竜さながらの勢いだった。不安とけんか腰の調子を帯びた問いがさらなる問いを呼ぶ。誰がそのカフェのテーブルに座ってたんだ？　それは男たちがもうシナゴーグから出たあとだったのか？　そうだ、ちょうど外に出たきたところで、最も信心深い奴らは家族の元へとすぐに戻ったが、他の者はちょっとぐずぐずしてたんだ、祈禱から アニス酒への変わり身は彼らには問題ないことだからな、土曜が安息日ってのはそもそも神様がお決めになったことだけど、何もせずだらだら待ってろっておっしゃったわけじゃない、カフェでちょっと休息ってのもありだろう、で、その結果、死んじまったってわけさ、それというのも四年前にやつらがそう決めたから、とにかく殺して、恐怖を撒き散らし、それでもっていきなりこの国の所有権を主張するってことに決めやがった、ここは自分たちの持ち物、自分たちのための国ってわけだ、ここで生まれ、ここで暮らしている他の人間はどうしてくれるっていうんだ……

……もっともそういう彼ら、すっかり慌てふためいてしまって、ちょっと病院に行くにもフランス軍が建てたバリケードの周りを迂回《うかい》している男たち女たちのうち、自分たちの周りで一体何が起きているのかを理解しようとする者は非常に少なかった……何くそ、堂々としていようじゃないかと強く心を決めた自由人という名に値する男たち、女たちなど、ほとんどいなかったのである。大半の者たちは、フランス軍がなぜ自分たちを罰しているのか、どれほどの大量殺人を履行しているのか、知ろうともしなかった……目には目を、歯には歯をなどというものではなく、それは一つの目に千の目、一つの歯に千の歯ほどの罰だったにもかかわらず、けれど彼らは理解する気もなかったし、なぜ唐突に悪者扱いされることになったのか、自分たちはなんの罪を犯したのか、見当もつかないのだった。

実際、彼らがそこまでたどり着くのに数年もかかってしまった、そこまで、というのは状況を理解するまで、という意味ではなく、逃げようと決意するまで、ということだが、ともかくそれは一九六一年六月二十二日、パニックと恐怖に背中を押される形でやってきた……たまたまその日、マドレーヌは、前年に夫が死んで以来勤務するようになっていた病院を出て例の吊り橋を渡りかけていた……吊り橋を渡るのは怖いからどうしようかと迷ったが、それだと帰宅の道がちょっとだけ近道になるから、と意を決したのだった。自分の好みからいったらゆっくりすぎるスピードで歩を進めていたのにすでに息が上がってきていたため、倒れてしまわないようにと時折、呼吸を止めてみる……立ち仕事と暑さで足はパンパンにむくんでいたが、

二

下を向いて靴に視線を集中しながら、それでもなんとか反対側の崖までの道のほぼ半ば、吊り橋のケーブルがなだらかな曲線を描いて手すりに触れているあたりまで進んできた。再び土に足をつけるまでもう一息というところだった。どこかから変な音が聞こえてマドレーヌはビクリとする、石が何かにぶつかるような音、けれど紙にくしゃくしゃっと包まれたようなくぐもった音だった、と同時に前方から男が一人、自分の方へ向かって歩いてくるのが見える……右腕が異様な感じにまっすぐに伸び、手には何かを握り、何事かを叫んでいるがマドレーヌには何を言っているのかわからない、いろいろ同時に起きすぎて訳がわからなかったからだ。男は今や数メートル先まで近づいてきた、太い眉と薄い唇、自分に向けられた怒りで歪んだ顔、しかしこの男に以前に会った記憶はないし、とマドレーヌは思う、そして事実、マドレーヌはその男に会ったことはなかった……カリム・ウアベッサラム、アフメッド・ウアベッサラムの息子、二等兵、所属はアルジェリア第三歩兵師団、第一狙撃連隊、戦場で名誉の負傷をするもフランス解放の功績への受勲はなし。男が叫んでいる言葉がマドレーヌには相変わらずわからない、やだね、耳が聞こえなくなっちまったのか？　腐った果物か何かのように、あの男に橋から投げ捨てられちまうよ、とマドレーヌは考える、いや、その前にまず殺そうとするのだろう、手に振りかざしていたのはナイフで、その刃渡りは子供の手ほどもあり、最高級の銀器のように光っていた……マドレーヌは男の腕の皮膚の下にひろがる筋肉から目が離せない、闘志みなぎるあんな筋肉じゃあ自分なんか一発でお陀仏だ。その時だった、マドレーヌの下腹部を唐突な尿意が貫くのだった、なんてこった、と大慌《あわ》て、屋外の橋の上で立ったまま用を足すなんてわけにはいかないじゃないか……自分はまず何よりも恥ずかしさのせいで死んでしまうに違いない、と確信するマドレーヌ。突然、目に見えない手で平手打ちされたようにカリム・ウアベッサラムが立ち止まる、その手は相変わらずナイフを振りかざしていたが、それはなぜか「塩の像*」に姿を変えていた……そんな馬鹿な、とマドレーヌ、まさかあたしの叫び声があの男をとどまらせたっていうのかい？　あたし自身にだって自分の叫び声なぞ聞こえやしなかったじゃないか、叫ぼうと思ったけど、喉に引っかかって声にならなかったじゃないか……。若い男はさっと後ろを振り向き、橋の手すりごしにナイフを投げ捨てるとマドレーヌの脇スレスレのところを通り過ぎざま唾を吐きかけ、病院の方角へ走って行った、まるで狼の群れにでも追いかけられているかのような逃げぶりだったが、彼の後に続いていたのは狼などではなかった、人間の男たち、女たちが橋の上にあふれかえるほどの大群をなしてマドレーヌの方に向かってくるのであった、何百、何千という人間がその足で長い橋をぐらぐら揺さぶりながら一斉にこちらに向かってくる、マドレーヌは思わず口を手で覆った。何しろ、見知った顔ばかりなのだ、近所のマリーがいる、大家のマダム・アッタルもいる、リュセットも、そしてリュセットが何年もジャコブをだしに断り続けてきたけれどついに観念して一緒になることにした無口な郵便局員もいた、川の水面にぷかぷか浮かぶコルク栓さながらの顔という顔……そんな中、手すりにしがみついて呆然と立ち尽くしているマドレーヌに気づいたカミーユは、群衆を押しのけて母の元へと急いだ、動転した母親の顔にキスをしたが、その動揺の理由についてはすっかり思い違いをしてしまっていた。母さんも聞いたのね？　もう本当にひどい話……マドレーヌはなんと答えていいものやらわからず、蜂蜜色のその目で娘に、一体、なんの話だい、と問いかける……聞いてるでしょ、母さん、シェイク・レイモンが殺されたんだよ、場所はネグリエ広場、あの人、そこでただ買い物してたの、そしたら誰かが発砲して。マドレーヌの全身に頭から爪先までガチガチと震えがきた、人の群れが二人を追い抜いて歩いていく、夏服を着た男たち、女たちの群れ、シェイク・レイモンが殺された、シェイク・レイモンが殺された、あり得ない、そんな馬鹿な、というひそひそ声がどこからも聞こえてくる。カミーユはへなへなと崩れ落ちそうになる母親を支え、水、水、誰か水を、と道ゆく人間の腕に誰彼となくしがみついて叫ぶ。一人の女がカバンの中からミルクの瓶を取り出す。シェイク・レイモンの首に誰かが発砲した時、その女もまた、ネグリエ広場でちょうど買い物をして

＊旧約聖書「創世記」中、放蕩と奢侈《しゃし》に溺れたソドムの街の住人を神は残らず死滅させることにしたが、アブラハムの甥、ロトだけは子孫を残すために命を助けることにした。天使の知らせでロトは妻子と共に街を脱出するが、その途中、後ろを振り向いてはいけないという神の言いつけに背き、妻が後ろを振り向いた途端に塩の像に変えられてしまった。そこから転じてユダヤ教では「言いつけに背くと罰を受ける」という意味で使われる。

いたところだった、発砲した男はすぐに逃げたが、女は家に戻ることもせず、ともかくみんなといっしょに墓場まで彼の埋葬に駆けつけることにしたのだ……その墓は、四年間にわたる闘病生活の果てにアブラハムが眠りについた区画からほど近いところにあるのだった……生前は、入院、小康状態、自宅療養の繰り返しだったが、もはやすっかり穏やかになったアブラハムは、その短い帰宅期間中、一家を切ない穏やかさで満たしたものだった。彼のお気に入りのズアオホオジロ、口笛の達人だったその小鳥は、飼い主の死の翌日に死に、冷たい敷物の上に脚を折り曲げて横たわったその小さな体を、他の二羽は不思議そうにじっと見つめていたが、その日以来、この二羽も歌を歌うことをやめてしまったのだった。

この橋での出来事はマドレーヌの体に決定的な恐怖を刻みつけたが、その日から数ヶ月を経た一九六一年十一月二十日、馬車の最後部、折りたたまれたマットレスの上にアブラハムのあの鳥カゴが置かれ、マットレスの間には、マドレーヌとカミーユとファニーが、それぞれの衣類を挟み入れていた。父親が死に、ガブリエルが遠くに行ってしまって以来、支配者不在の自由の地ですべてを取り仕切ってきたのはカミーユ、生まれ故郷の街を去るのは辛かったし、新たな別離に怯え、目を真っ赤にしている母親を見るのも辛かったが、その一方で、興奮の渦が自分の中を駆け巡るのをカミーユはどうすることもできないのだった。海の向こうのフランスへはすでにラシェルがイサーク一家と移り住んでいたが、そこではこれまでとは違う人生、もしかしたら人生と聞いて自分が思い浮かべるイメージにもっと近い何か……息の詰まるような家族の呪縛から解き放たれて、もう少し自由になれる人生が自分を待ち受けているかもしれない。カミーユが御者にシディ・ムシッドの吊り橋を通ってほしいと告げると、御者はうなずいたが、ここを去る者は皆、同じことを頼むのだった……ユダヤ人にもアラブ人にも同じように愛されていた同胞スターが殺されたことは、単なる警告などではない、それはとてつもない災いの兆しなのだということを、数万はくだらないコンスタンティーヌのユダヤ人ははっきりと悟ったのだ。

行くがよい、逃げるがよい、何世紀もの間、我らを結びつけてきた絆を断ち切ることに俺たちは揃って決めたのだ。あんたらは俺たちの言葉を話し続け、子供の婚約式ではヘナで手を染め、俺たちと同じ料理を作り続けることだろう、でもあんたらは裏切り者、もう百年もフランスの側についてきた、フランス人と同じ市民権を手にしていることで大得意なんだ。それでも俺たち、揃って一人のすごい人間を見つけたよな、あんたらにとって最高に大切な人、そして俺たちも大好きだった人、俺たちの心を摑《つか》み、トランス状態に持っていっちまう素晴らしい歌手だった、俺たちの結婚式を盛り立て、俺たちの悲しみに寄り添ってくれた歌手だった、他の誰よりも俺たちの気持ちを代弁してくれた人だった……。

だからこそ、彼らユダヤ人たちは、この要塞の街を離れると決めたのだ。もうこの街は自分たちを守ってくれない、街は罠《わな》になってしまった、闘争と死の庭になってしまった、離れる前の最後の願い、それはあの橋を渡ること、空に浮かんだ目眩《めまい》の吊り橋を最後にもう一度、駆け抜けること。彼らは崖を見つめる、その向こうの墓地、ジャコブ、ハイーム、アブラハム、それにもっとたくさんの人たちをそこに置き去りにしていく墓地を見つめる、そしてそこから引き抜いて一緒に連れて行こうとでもするかのようにリュメルの川を最後にじっと見つめ、誰もがあの橋を最初に渡った時のこと、誇らしく、同時にとても怖かったその日を思う、橋がうっすらと雪化粧をしていた冬の日、橋が霧の中に沈んでいた秋の日を思うのだった……そんな日々に誰が想像しただろうか、最後の日が来るなどということを、ゆらゆらと揺れながら向こうの端までたどり着くのがこれで最後になるなどということを、そしてその橋は、通行人たちのそんな旅立ちなど一顧だにせず、彼らが通り過ぎた後にはまた元の姿に戻って、彼らの視界から、彼らの人生から消えていくことになるなどということを。

しかし、その後も水は橋の下を変わらずに流れ続け、同じようにジャコブの名前やその思い出もまた、地中海の向こう側で一つ、また一つと光があたっては消えていく人々の埋没した記憶の中で折に触れて出現し続けるのだった……それは時に皆が口を揃えて言う決まり文句のような台詞（亡くなった者をみんなあっちに置いてきてしまったね、といったような）の中に顔を出し、その場の人間を揃って悲しみや辛苦で包んだものだが、か細い水の糸が何時間、何日、何年、何世紀という時を経て岩の中に染み入って行くのと同様、やがて人々の記憶のもっと深い層に再び沈み込んでゆくのだった……そうした時の作用、時を経て何かが変わるという意味では、彼らもまた、新天地では以前とは違った話し方、もっと静かでゆっくりとした話し方への適応を強いられたわけだし、洗濯物の干し方もこちら式、つまり、運が良ければベランダに、けれど昔のように屋上に干すことはもはや叶わず、大概はアパートの室内に干すようなし方に順応せざるを得なかった、なぜなら、彼らが暮らしていた建物には屋上というものがそもそもなかったからだが、同じように、中庭に皆で集まってオレンジ花水を蒸留することももうできなかったし、家族が集まる祭日に大騒ぎすることも我慢しなければならなかった……近所に悪い評判が立つことを恐れてのことだったがその近所の住人たちはどのみち彼らのことを横目で見ながら、フランス人と聞いていたけれど外国人に見えるじゃないの、アラブ人みたいに話すし、なんだかいつもガヤガヤと大人数で集まってるし、などと噂し合っているのだった。そうして時が流れ、一九六九年にラシェルが亡くなってからはジャコブの名が囁《ささや》かれることもほとんどなくなった。

カミーユが祖母を訪ねてきたその日、ラシェルは珍しく顔に笑みを浮かべ、見透かしたように言うのだった、ああ、おめでたなんだね、お腹が空くだろ、ほら、おいで、一緒にドーナツを作ろうじゃないか。亡くなった子供のために毎日灯されるオイルランプのすぐ隣で、ボウルの内側を小麦粉が優しく撫でるように滑り落ちていく……粉がもっちりしすぎないように優しくスプーンでかき混ぜながらその時ラシェルはおそらくジャコブの名をそっと口ずさんだのだ、このドーナツが本当に好きだったよ、あの子は、と、何度も繰り返したその台詞を、おそらくもう一度寂しげに口にしたのだ。愛と切ない優しさが込められたその名前を、カミーユのお腹の中でゆっくりと大きくなっていた女の子はその時、果たして聞いたのか、あるいは聞かなかったのか、まだ生まれていない、けれどもうそこにいる曽孫の前で老女が最後に口にした言葉を、聞いたのか、聞かなかったのか。

　ラシェルが息を引き取ったのは、その日の夜だった、お腹にいた女の子もやがて大きくなり、あの日耳にしたその名前は、当初、沈黙のくぼみに刻まれたまま、柔らかな巻き毛のように丸くなっていたが、少女が成長し、やがて次の世紀がやってくる頃になってその巻き毛が少しずつほぐれてきたのだろう、答えの見つからない疑問が次々と彼女の中に湧いてくるのだった。

　当のジャコブも、戦闘中はもちろんのこと、マリーズの前でも、ヴォルム医師の部屋で死に際のせん妄状態にあった時も、まさか自分の死後六十八年も経ってから、はりぼてノルマンディー号の前で四人の兵士が並んでいる写真をその女性が見つめ、そのうちのジャコブ以外の三人の名前（ウアベッサラム、アタリ、ボナン）をでっち上げ、さらには自分の墓を探しにコンスタンティーヌまで、戦没者集団墓碑銘の中に自分の名前を探しにタンまではるばる出かけていき、結局、そのどちらも見つからなかったにもかかわらず、歩を進めるそこかしこに自分の存在を感じてくれるようなことになろうとは、思いもよらなかっただろう。

ジャコブ、ジャコブ……

轟々《ごうごう》とほとばしるリュメル川の水、秋の通り雨の後でカモたちがぷるんと身震いするトゥール川の静かな水の中から、自分の名がそんなふうに再び立ちのぼってくる日が来るなどとは、思いもよらなかっただろう。

訳者あとがき

古来、人はさまざまな理由や事情で海を渡り、山を越え、森や谷をくぐり抜けて見知らぬ土地へと移動してきた。その多くは、強いられた形で、つまり自分の意思とは裏腹に、そうせざるを得なかった。理由すらわからず、自分の理解をはるかに超える大きなうねりに巻き込まれる形で、どさくさ紛れのような移動であることも多かった。

古来、と書いたけれど、そうした人間の事情は二十一世紀の今もまったく変わっていない。難民、避難民、経済移民、不法滞在者……「移動する人」の呼び名は二十一世紀の現在、国際法上、それぞれに細かく定義されているが、戦争や貧困や迫害から「逃れる」人の顔、その人の家族や友人たちの顔を、そうした定義はあまりよく見せてはくれない。

本書の舞台となるのは一九四四年当時のアルジェリア。それは二十一世紀の私たちが暮らすところからはどれほど遠く隔たった土地であり、時間であるのだろうか。

アルジェリアの第三の町、コンスタンティーヌにつましく暮らすユダヤ人一家がそれこそ「どさくさ紛れ」のような形で歴史のうねりに巻き込まれていくこの物語において、彼我の間に横たわるとてつもない時空の隔たりにもかかわらず、読者は、アニス酒の香りや、石切り遊びに込める子供の真剣、砂漠の真ん中での立ち小便のしぶき、ふんわりサクサクのドーナツといった人の息吹の断片にたびたび出くわし、登場人物たちの体臭や声音やため息を、思いがけず「すぐそこ」の出来事として感じることができるのではないだろうか。

「すぐそこ」の感覚はまた、流れ続ける川のような独特の文体によってもいや増す。物語は前半、ずっと「現在形」で進行し、句点を極力省いた長い文章の途中で、語りの主体は書き手から登場人物へといつの間にか移り変わり、場や人物の描写や説明が、個人の内声や発語と境目なく混じり合う。一転、後半から時制は「大過去形（文字通り普通の過去形より一回り「以前」であることを示す大きな過去形）」を中心とした「過去形」となり、前半の一緒に駆けていくような緊迫した臨場感は、すでに記憶のどこかに埋葬されてしまった過去の出来事というニュアンスに姿を変える。また、フランス語を地の文としながら、そこに差し挟まれるアラビア語やヘブライ語の耳慣れぬ響きは、多文化、多言語に「ならざるを得なかった」植民地下の雑多な音を意識させずにはおかないし、共存する言語、文化、宗教間の残酷なヒエラルキーをも露わにする。

すごい力量だと初読時に大いに感銘を受けたが、実はこの著者に私は、小説家以前にまずはエッセイストとして出会っていた。

アルジェリア出身の両親のもと、一九七〇年、ニースに生まれたヴァレリー・ゼナッティは、十代の数年間をイスラエルで暮らし、兵役も経験する。その間、ヘブライ語の習得にはずいぶん苦労したそうだが、フランスに戻ってから本格的にヘブライ語とヘブライ文学を学び、ジャーナリストやヘブライ語教師を経て、イスラエル人作家アハロン・アッペルフェルドの翻訳者として知られる存在になる。アッペルフェルドは第二次大戦中、当時ルーマニア領だったブコヴィナ地方（現在はウクライナ）のユダヤ人虐殺で母と祖母を亡くし（そのとき彼は八歳）、父と共に収容所に送られるが、父と離れ離れになった半年後に単独で脱走。盗賊団に拾われたり、ロシア赤軍に加わったりするなど、大変な辛苦を経て、ウクライナからイタリア経由でイスラエルへ亡命、キブツで働きながらヘブライ語を学び、作家になったという言葉を失うような経歴を持つ。そのアッペルフェルドが二〇一八年に亡くなったあとにゼナッティが綴ったエッセイ『Dans le faisceau des vivants（生ける者の束の中で）』（フランス・tvエッセイ賞受賞）は、作家と翻訳者という立場で理解と友情を育んできた二人が、文学、言葉、子供時代、アイデンティティについて尽きせぬ対話を深めていく大変、繊細で美しい追悼の記である。翻訳を生業《なりわい》としてきた人の一語一語の妥協なきチョイスが奏でる鎮魂の歌。その切々とした響きに読後、しばらく動けなかったことをよく記憶している。

そこで語られる「子供時代」「戦争」「個人のレベルで語られる歴史」といったものはアッペルフェルド、ゼナッティ両者に共通する根源的なテーマだが、小説『ジャコブ、ジャコブ』（書かれたのは右記エッセイに先立つ二〇一四年）は、まさにそうしたテーマに向けてのゼナッティ側の渾身《こんしん》のアプローチといえる作品だ。

「戦争文学」「植民地文学」といった大上段なジャンルを、だが、本書はするりと回避する。それは「あの戦争」「あの植民地」についての物語ではなく、「ジャコブの戦争」「ジャコブの植民地」を語り、その母親の、その義姉の、その甥っ子の、やはり限りなく個人的な戦争や亡国を語る物語なのだ。個人の体験のそうした一回性、単一性ということにとことんこだわって綴られたものだからこそ、それは逆に胸に迫る普遍性をもって読む者を揺さぶるのである。

とはいえ、日本語話者である読者一般にとって、一九四四年のアルジェリアはやはり遠い。そこで以下、物語の背景についても少し説明しておきたい。

一八三〇年、当時はオスマントルコの宗主権のもとにあったアルジェリアに、フランス復古王政のシャルル十世が出兵して占領。国民の目を外にそらして国内の不満を解消しようという意図もあったそうだが、以来、フランスから多くの入植者（コロン）が海を渡ってアルジェリアに移住した（アルジェリア生まれのカミュの出自も「ピエ・ノワール」と呼ばれるそうした入植組フランス人）。フランスの植民地というアルジェリアの状態は一九六二年まで続くが、そんな中、一八六〇年、もともとそこに住んでいたアルジェリア人たちのうち、ユダヤ教徒にはフランス市民権が授与された（ヴィシー政権下の一九四〇〜一九四三年、一時的に剝奪された）。同胞のイスラム教徒には同じステータスは与えられなかったため、植民地という文脈においてユダヤ人は中途半端で微妙な位置付けのコミュニティであったといえるだろう。

日々の暮らしの中で「アラブ世界」との共存や親密さをそれまで通りに保ち続けながら、アルジェリアのユダヤ人たちは、「宗主国フランス」への同化体験をも生きてきた人たちであった。隣人のムスリムたちと似たようなものを食べ、同じ言語を話し、同じようにハマム風呂（公衆浴場）でおしゃべりに興じたり、子供の婚約に際しヘナで手を染めたりする一方、フランスの公教育を通じ、フランス語を習得、ライフスタイル全般における西洋化の度合いはムスリム・コミュニティよりずっと進んでおり、東洋と西洋の、ムスリム世界とキリスト教世界のいわば架け橋のような役割も果たしていた。

そんなユダヤ教コミュニティに生きる主人公のジャコブは、第二次世界大戦終戦間近の一九四四年、ド・ゴール将軍率いる自由フランス軍と一九四二年までヴィシー政権下にあった北アフリカ軍が合体したB軍隊（のちに第一軍隊と改称）に従軍、ノルマンディー上陸作戦とセットで語られる南仏奇襲上陸作戦に参戦。次いでフランス国内をアルザス地方へと北上していく「解放戦争」を戦った。第一軍隊のうち、ジャコブが入隊したのはアルジェリア第三歩兵師団。その編成はコロン（植民者）のフランス人、ユダヤ教徒、イスラム教徒のごちゃ混ぜで、そんなモザイク軍団の若者たちが揃ってその姿を見たこともない「祖国フランス」のために派兵されたのである。

他方、ジャコブの甥ガブリエルは、アルジェリア独立戦争（一九五四〜一九六二年）でフランス軍に入隊、かつての隣人を敵にして戦う。アルジェリア独立戦争はフランスに対するアルジェリア人の蜂起であり、双方にむごたらしい犠牲をもたらしたが、同時に、かつて平和裡《へいわり》に共存していたムスリム系、ユダヤ系人口を分断し、敵対させるという悲劇的な側面をも合わせ持つ。ちなみにユダヤ系、従ってフランス市民権のあるガブリエルと異なり、ムスリム系であるにもかかわらずフランス側についたアルジェリア人のことは「アルキ」と呼ばれ、その数二〇万とも二五万人ともいわれる。一九六二年、ド・ゴール政権の下でアルジェリアの独立が成立した後、しかしながら彼らアルキの大半はフランスへの亡命が許されず、独立アルジェリアにおいて「裏切り者」として残酷な処刑に遭う。アルキに対するフランス側の公式声明はようやく二〇〇一年になってから、時の大統領シラクによる謝罪の言葉を経てのことだった。

それが意味するところをほぼ理解し得ない状態でフランスに対する痛々しい忠誠と献身を差し出した二人の青年。何世代にもわたり良好な関係を築いてきたかつての隣人たちから逃げる形で故郷を後にしたその家族。母と父の言葉（＝アラビア語）を無意識のうちに「敵の言葉」と認識するガブリエルに対し、「十分にフランス的と言えない」という理由で自分を学校から締め出した国（＝フランス）の詩人たちの言葉に魂の憩いの場を育んできたジャコブ。息子の消息をたずね、噴煙にまみれた人生初の一人旅を敢行する文盲の母、ラシェル。祖国チュニジアを想って声を立てずに泣くマドレーヌ。思わず抱きしめたくなるような魅力あふれる一人一人の顔を思い浮かべ、時に涙ぐみながら、本書の訳出という大変にチャレンジングな試みに私が取り組んだのには、だが実はもう一つの個人的な事情がある。

人生の成り行きで私自身もまた、親族や友人という形で、本書に出てくるような東洋系ユダヤ人たちと多数、親しく付き合ってきた。どんなふうに「古き良き時代」を彼らが懐かしみ、男たちはウイスキーを、女たちは台所でのおしゃべりを楽しむかをたくさん見てきた。信仰心は意外に薄く、そのくせ迷信深く、子供や孫は問答無用の宝物。ヨーロッパ現代史の悲劇の主人公となったヨーロッパ系ユダヤ人たちの横で、少し小さく身をすぼめているような東洋系ユダヤ人たち。中近東から北アフリカまで、出自は様々だが、いずれも文明や言葉や人種の交差点のような地域に何世紀にもわたって身を置いてきた彼らが、ある段階で断腸の思いで故郷を離れねばならなかったことを、私はそれこそ一人一人の「個人の語り」を通じて身近に親しく見知ってきた。

そんなわけで本書に出会ったのも、天から降ってきたご縁であるとしか思えなかったのである。ジャコブの物語をあなたの言葉で語り伝えてください——そんな声がページの間から聞こえてくるような気がして、「これを自分がやらずにどうする」と奮い立ってしまったのである。いや、何よりも「こんな素晴らしい物語は読まれなければならぬ、そのためのささやかな手助けをせねばならぬ」という使命感に取り憑《つ》かれてしまったのである。

「昔々、目眩《めまい》の吊り橋で有名なアルジェリアのコンスタンティーヌというところに……」

見たこともないその橋の魔力を（あたかも見てきたことのように）、どこかの酒場の片隅あたりで親しい友に問わず語りに話し始める……そんなイメージに励まされ、不慣れな作業に訥々と向き合い、大変苦労しながらなんとか訳出を終えた。誤訳や誤読のご指摘には謹んで耳を傾けたい。また不案内なアラビア語とヘブライ語の発音や意味について御教示くださったユダヤ教、イスラム教の友人たちにも心からの謝意を捧げたい。翻訳実績のない訳者に本書出版の機会を与えてくださった新日本出版社の角田真己さん、ありがとうございました。

二〇二三年初夏　チューリッヒにて。

長坂道子

ヴァレリー・ゼナッティ　Valérie Zenatti
1970 年、フランス・ニース生まれ。作家、翻訳家、脚本家。13 歳の時に両親と共にイスラエルのネゲヴ砂漠に移住。イスラエルで兵役を体験したのち、フランスに帰国、パリでヘブライ語とヘブライ文学を学ぶ。ヘブライ語教師を経て、翻訳家、小説家、劇作家となる。児童・ジュニア文学から戯曲、小説、エッセイまで執筆範囲は幅広い。イスラエルでの兵役体験から生まれた『私が兵士だったとき』（2004 年）でアドリザン賞受賞。児童文学『瓶に入れた手紙』（2005 年）ではラ・フォワール・ドゥ・ブリーヴ・ラ・ガイヤルド賞をはじめ、多くの児童文学賞を受賞。日本語をはじめ 15 ヶ国語に翻訳、映画化、演劇化もされた。イスラエル人作家、アハロン・アッペルフェルドの仏語への翻訳家としても知られ、その代表作『ある人生』でメディチ賞（外国文学部門）を受賞。大人向け小説としては 4 作目となる本書は 2014 年にロリヴィエ社より刊行、フランス・アンテル賞をはじめ 10 文学賞を受賞した。邦訳書に『瓶に入れた手紙』（文研出版、2019 年）、『バイバイ、わたしの 9 さい！』（同前、2015 年）。

長坂 道子（ながさか　みちこ）
1961 年愛知県生まれ。作家、ジャーナリスト。京都大学文学部卒業。日本でファッション誌の編集者をした後、渡仏。スイス・チューリッヒ在住。著書に、『アルプスでこぼこ合唱団』（KADOKAWA、2022 年）、『パリ妄想食堂』（KADOKAWA、2019 年）、『50 才からが“いよいよ”モテるらしい　神話「フランス女」』（小学館、2018 年）、『旅に出たナツメヤシ』（KADOKAWA、2017 年）、『難民と生きる』（新日本出版社、2017 年）など。

ジャコブ、ジャコブ

2023 年 8 月 10 日　初　版

著　者　ヴァレリー・ゼナッティ
訳　者　長　坂　道　子
発行者　角　田　真　己

郵便番号　151-0051　東京都渋谷区千駄ヶ谷 4-25-6
発行所　株式会社　新日本出版社
電話　03（3423）8402（営業）
03（3423）9323（編集）
info@shinnihon-net.co.jp
www.shinnihon-net.co.jp
振替番号　00130-0-13681

印刷　亨有堂印刷所　　製本　東京美術紙工

落丁・乱丁がありましたらおとりかえいたします。

ISBN978-4-406-06761-4 C0097　Printed in Japan